RECHERCHES

SUR L'HISTOIRE

DE

LA SAṂHITĀ DU ṚIG-VEDA.

I.

SUPPLÉMENT AU MÉMOIRE SUR LA SAṂHITĀ PRIMITIVE [1].

Avant de poursuivre mes études sur l'histoire de la Ṛig-Veda-Saṃhitā par celle des différentes couches d'interpolations que révèle la double division en adhyāyas et en anuvākas, je veux présenter quelques rectifications et surtout faire des additions assez importantes au premier mémoire, dans lequel j'ai cherché à préciser les principes du classement primitif. Toutefois il ne sera pas question maintenant du maṇḍala VIII. Nous n'y reviendrons qu'après l'étude des adhyāyas et des anuvākas.

§ 1er. *Maṇḍala X.*

Je crois avoir été trop timide dans la restitution

[1] Voir *Journal asiatique*, septembre-octobre 1886, p. 193.

de l'ordre primitif du Xe maṇḍala[1]. Cet ordre est décidément aussi manifeste dans le premier tiers, comprenant les collections de plus de 2 hymnes, que dans les deux autres, comprenant les collections de 2 hymnes et les hymnes isolés.

Ce premier tiers, allant de 1 à 60 inclus, se divise lui-même en deux parties nettement distinctes, la première terminée par la collection de 7 hymnes 20-26, la seconde commençant par la collection de 3 hymnes 27-29.

Dans la première partie, nous avons, outre la collection finale, une autre collection, la première du maṇḍala, où je n'avais d'abord compté que 7 hymnes, 1-7, en m'en tenant rigoureusement aux indications de l'Anukramaṇī, mais qui paraît en comprendre au moins 9. En effet, le sūkta 8 est formé de l'agglutination de 2 hymnes, l'un de 6 vers à Agni, faisant suite à 7 hymnes de 7 vers au même dieu, l'autre de 3 vers à Indra, et c'est évidemment ce dernier qui a suggéré le *ṛishi* Trita, auquel l'Anukramaṇī attribue les hymnes 1-7, en même temps que le *ṛishi* Triçiras Tvāshṭra, auteur prétendu du sūkta 8. C'est encore à ce dernier qu'est attribué, dubitativement il est vrai, le sūkta 9, terminé par quatre vers qui se retrouvent dans le maṇḍala I, 23, 20-23, mais dont les trois premiers peuvent avoir formé primitivement un 10e hymne, aux Eaux. En tout cas, il semble bien que la collection a toujours

[1] P. 40 du tirage à part.

RECHERCHES

SUR L'HISTOIRE

DE

LA SAṂHITĀ DU ṚIG-VEDA.

PARIS.

ERNEST LEROUX, ÉDITEUR,

LIBRAIRE DE LA SOCIÉTÉ ASIATIQUE,

DE L'ÉCOLE DES LANGUES ORIENTALES VIVANTES, ETC.

RUE BONAPARTE, N° 28.

RECHERCHES
SUR L'HISTOIRE
DE
LA SAṂHITĀ DU ṚIG-VEDA,

PAR

ABEL BERGAIGNE.

II-IV

SUPPLÉMENT AU MÉMOIRE SUR LA SAṂHITĀ PRIMITIVE.
LES DIFFÉRENTES COUCHES D'INTERPOLATIONS.
LE CLASSEMENT DU MAṆḌALA VIII.

EXTRAIT DU JOURNAL ASIATIQUE.

PARIS.
IMPRIMERIE NATIONALE.

M DCCC LXXXVII.

compris plus de 7 hymnes. Il est donc inutile, pour expliquer sa place avant la collection de 7 hymnes 20-26, dont le premier hymne a 10 vers, de recourir à l'analogie, très contestable ici, des maṇḍalas II-VII, et à la préséance consacrée dans ces maṇḍalas pour les hymnes à Agni.

Entre cette collection de 9 ou 10 hymnes et la collection de 7 hymnes 20-26, il nous reste 10 hymnes, 10-19, par conséquent au plus une troisième collection.

Sur ces 10 hymnes, nous en remarquons 6 longs, 10 et 14-18, séparés par de plus courts, de sorte que si la collection supposée présente, comme il est présumable, un ordre numérique, il faut absolument qu'ils en fassent tous partie, avec le seul petit hymne qui suive le dernier d'entre eux, l'hymne 19, de 8 vers. Quant aux 6 longs hymnes, ils ont tous 14 vers, excepté le second, 14, qui en a 16. Celui-là, d'ailleurs, paraît se terminer par une addition, peut-être par deux additions de 2 vers chacune, métriquement distinctes entre elles aussi bien que du reste de l'hymne. Il n'est pas bien difficile d'admettre que la seconde seule est postérieure au classement. Notre collection serait donc composée de 6 hymnes de 14 vers, suivis d'un hymne de 8 vers.

Or, l'Anukramaṇī confirme entièrement ces déductions. Les 7 hymnes en question sont tous attribués à Yama et à différents Yāmāyanas, ou fils de Yama, et ils sont les seuls dans ce cas.

Il semble donc évident que les 26 premiers

hymnes forment 3 collections, l'une de 9 ou 10 hymnes, les deux autres de 7 hymnes chacune avec deux interpolations, 9 ou seulement les six derniers vers de 9, et 11-13.

La collection des Yāmāyanas, commençant par un hymne de 14 vers, précède régulièrement la dernière, commençant par un hymne de 10.

De 27 à 60, j'avais relevé 6 collections de 3 hymnes se succédant dans un ordre régulier. On pourra sans doute en ajouter 4 autres.

J'avais fait remarquer que la collection commençant par l'hymne 30 serait régulièrement classée, intérieurement et extérieurement, si elle ne comprenait avec celui-là que 31 et 32. Les deux autres hymnes, 33 et 34, attribués par l'Anukramaṇī au même auteur Kavasha Ailūsha, le second dubitativement, sont d'ailleurs suspects par eux-mêmes (le second est la plainte du joueur). Il semble qu'on peut les retrancher sans hésitation.

D'autre part, j'avais constaté que 2 hymnes attribués à des auteurs différents, 75 et 76, étaient classés au milieu des collections de 2 hymnes, à la place exacte qui leur appartenait, s'ils étaient en effet réunis au moment du classement. On peut faire une observation analogue sur les trois hymnes 35-37, dont les deux premiers seulement sont attribués à un même auteur : ce sont 2 hymnes aux Viçve devās, de 14 vers chacun, suivis d'un hymne à Sūrya de 12 vers, entre deux collections de 3 hymnes, commençant, la précédente par un hymne de

15 vers, la suivante par un hymne de 14. Elle est seulement séparée de la première par les deux hymnes 33-34, déjà signalés, et de l'autre par l'hymne 38 qu'on devra considérer aussi comme interpolé. Je n'examine pas, dans ce cas non plus que dans celui de la collection de 2 hymnes, si les attributions de l'Anukramaṇī diffèrent de celles des diascévastes, ou si ceux-ci ont réuni les hymnes pour d'autres raisons qui nous échappent. Mais ce qui semble probable en tout cas, c'est qu'ils les ont traités comme formant une même collection.

Même observation sur les hymnes 45-47, dont les deux premiers seulement, comme dans le cas précédent, sont attribués à un même auteur, mais qui se succèdent encore régulièrement : 2 hymnes à Agni de 12 et 10 vers, et 1 hymne à Indra de 8. Il est vrai que la collection précédente commence par un hymne de 11 vers. Mais le premier de celle-ci paraît n'en avoir eu aussi primitivement que 11 et non 12. Son douzième vers est un résumé, composé pour moitié d'une conclusion qui se retrouve ailleurs, IX, 68, 10, et, ce qui est plus important, le Çrauta-Sūtra d'Āçvalāyana prescrit de le retrancher dans la récitation du Prātaranuvāka, IV, 13, 7, bien qu'il soit dans le même mètre que le reste de l'hymne[1].

Enfin l'étude combinée des adhyāyas et des anu-

[1] On sait que dans le Prātaranuvāka la récitation se fait par séries métriques. Les 12 vers se retrouvent dans la Vājasaneyi-Saṃhitā, XII, 18-29, qui a donc recueilli l'hymne avec son vers additionnel.

vākas nous révélera, entre l'hymne 46 et l'hymne 61, une interpolation qui porte vraisemblablement sur l'hymne 60, quatrième et dernier de la collection des Gaupāyanas. Cette collection n'aurait donc compris sous sa forme primitive que 3 hymnes, et, comme elle commence par un hymne de 6 vers, elle aurait été régulièrement placée à la fin de la série. Nous renvoyons pour les arguments et la discussion des objections possibles au mémoire suivant[1].

La série aurait donc compris 10 collections de 3 hymnes :

27-29. Premier hymne......	24 vers.
30-32......................	15
35-37......................	14
39-41......................	14
42-44......................	11
45-47......................	11
48-50......................	11
51-53......................	9
54-56......................	6
57-59......................	6

§ 2. La collection de Çunaḥçepa.

J'avais renoncé trop vite[2] à découvrir l'ordre intérieur de la collection attribuée à Çunaḥçepa Ājīgarti, I, 24-30. Les principes reconnus n'y sont violés que par l'hymne 28 et par 6 vers isolés.

Quel qu'ait été le mode de formation de l'hymne

[1] Ci-dessous, p. 56.

[2] P. 66 du tirage à part.

24, de 15 vers, il a dû entrer dans la collection tel que nous l'avons. Il commence une série à Varuṇa qui se continue par 6 tṛicas de gāyatrīs, composant autant d'hymnes primitifs agglutinés dans le sūkta 25, avec deux interpolations, le vers 6 et les vers 8-9. M. Oldenberg avait bien raison de mettre en doute les *pentades* de M. Delbrück[1]. Le premier hymne du sūkta se termine avant le vers 4, formule de début analogue à celle du vers 16. De nouveaux hymnes de 3 vers commencent évidemment avec le vers 10 étroitement uni au vers 11, avec le vers 13, auquel les deux suivants sont unis par des pronoms relatifs, et rien n'est plus naturel que d'en commencer deux autres encore avec les vers 16 et 19. Le vers 16 rappelle, nous l'avons dit déjà, le vers 4, commençant le second hymne. Celui-ci, placé entre des hymnes de 3 vers, n'a dû en avoir aussi primitivement que 3. Tout le monde est d'accord sur l'interpolation du vers 6, et il devient évident que les vers 8 et 9 sont des amplifications ajoutées au vers 7[2]. Total : 7 hymnes à Varuṇa, dont le premier a 15 vers.

Les sūktas 26 et 27 à Agni se divisent non moins naturellement en tṛicas de gāyatrīs, ceux du second régulièrement coupés dans le Sāma-Veda; ils ont

[1] *Zeitschrift der deutschen morgenländischen Gesellschaft*, XXXVIII, p. 455, en note.

[2] Notre méthode critique donne ici un résultat immédiatement appréciable. La mention du mois intercalaire, si souvent relevée dans cet hymne, se trouve être une addition postérieure au classement de la collection.

seulement l'un et l'autre 1 vers ajouté à la fin. Total : 7 hymnes, dont le premier n'a que 3 vers.

Après l'interpolation de l'hymne 28 aux pierres du pressoir, commence la série à Indra, par l'hymne 29, en paṅktis à refrain, de 7 vers. Les 15 premières gāyatrīs du sūkta suivant donnent encore, sous le contrôle du Sāma-Veda, 5 tṛicas à Indra, suivis d'une trishṭubh interpolée. Total : 6 hymnes.

Le même sūkta se termine par 2 tṛicas en gāyatrīs, l'un aux Açvins, l'autre à l'Aurore.

Les séries se trouvent rangées rigoureusement d'après les principes généraux, sans égard pour la préséance acquise d'avance dans les maṇḍalas II-VII à Agni et à Indra. Mais la collection d'Agastya est dans le même cas.

Les sūktas de la collection attribuée à Çunaḥçepa figurent tous, comme on sait, dans la légende que l'Aitareya-Brāhmaṇa raconte sur ce personnage. Or, selon une théorie très vraisemblable de M. Oldenberg[1], certains sūktas du Ṛig-Veda, dans l'ordre de leurs parties constituantes, certaines séries de sūktas, par exemple X, 51-53[2], dans l'ordre des sūktas eux-mêmes, reproduiraient les différentes phases d'un récit pour lequel ils auraient été expressément composés. On voit par nos analyses que cette théorie est inapplicable à la collection de Çunaḥçepa, classée

[1] *Zeitschrift der deutschen morgenländischen Gesellschaft*, XXXIX, p. 52 et suiv.

[2] Cf. *Journal asiatique*, septembre-octobre 1886, p. 235, tirage à part, p. 43 et ci-dessous, p. 56.

d'après les principes numériques ordinaires. Du reste, M. Oldenberg n'a cité dans son mémoire[1] la légende de l'Aitareya-Brāhmaṇa (VII, 13 et suiv.) que pour y montrer, dans les *gāthās* dont elle est en outre parsemée, le type des vers composant les hymnes qu'il appelle hymnes d'*ākhyāna*, et qu'il cherche ailleurs que dans la collection de Çunaḥçepa. Il admettra donc sans doute avec nous que la légende du Brāhmaṇa, au moins sous sa forme actuelle, a été faite pour expliquer la collection de la Saṃhitā et non la collection composée pour la légende. En fait la collection figure dans la légende avec toutes ses interpolations, avec cette particularité d'ailleurs, que le sūkta 28 y vient après tous les autres en compagnie d'autres fragments de la Saṃhitā concernant également Çunaḥçepa ou considérés comme tels, ce qui permettrait de croire qu'il ne faisait pas encore partie alors de la collection[2]. On pourrait seulement supposer que le premier sūkta de cette collection, I, 24, composé de parties hétérogènes quoique déjà agglutinées quand la collection a été classée, doit sa composition à une forme plus ancienne de la légende. Lui du moins, mais lui seul pourrait être un hymne d'Ākhyāna.

§ 3. La série aux Maruts du *Maṇḍala VII*.

En vérifiant le principe qui règle l'ordre des

[1] P. 79. Cf. XXXVII, 79 et suiv.

[2] Cf. plus bas, p. 57, une observation analogue sur la collection des Gaupāyanas.

séries, j'avais avoué une difficulté grave, quoique trop isolée pour compromettre le principe lui-même. Dans le maṇḍala VII, je croyais devoir attribuer aux séries successives des Âdityas, 60-66, et des Açvins, 67-74, 11 ou 12 et 10 hymnes, et je n'en savais pas trouver plus de 7 ou 8 dans la série aux Maruts qui les précède, 56-59. Ici encore, j'avais peut-être désespéré trop vite.

D'abord le sūkta 56 comprend, non pas 2, mais 3 hymnes distincts, le premier de 11 dvipadās, les deux autres de 7 trishṭubhs chacun, devant le sūkta 57, également de 7 trishṭubhs. Le premier des deux, c'est-à-dire le second du sūkta, finit assez naturellement, au vers 18, par le résumé des demandes du suppliant, et le vers 19, qui sera le commencement du 3e hymne, n'est étroitement rattaché qu'au vers suivant.

Rien ne s'oppose à la division du sūkta 58 en 2 hymnes de 3 trishṭubhs chacun. Rien ne la suggérerait non plus sans la nécessité qui nous presse. Mais cette nécessité est à elle seule une raison très sérieuse. L'agglutination à peu près certaine d'hymnes distincts en trishṭubhs dans le sūkta 56 nous fournit d'ailleurs un argument d'analogie en faveur d'une hypothèse analogue sur le sūkta 58.

Nous aurions ainsi déjà 6 hymnes. Le sūkta 59 commence par 3 pragāthas équivalents à autant d'hymnes de 2 vers. Enfin, rien ne nous empêche de garder encore les vers 7 et 8, et de les compter comme un hymne de 2 trishṭubhs. Un hymne pareil se trouve à la fin du sūkta VI, 61, à Sarasvatī, où j'ai sans doute eu tort de le retrancher[1], la série à Sarasvatī pouvant très bien avoir 5 hymnes après celle à Indra et Agni, qui en a 6. Mais après le vers 8, il faut nous arrêter. Non seulement le dernier vers 12, non analysé dans le pada-pātha, mais le trica 9-11, après des hymnes de 2 vers, est nécessairement une addition.

Nous restons donc à 10 hymnes, et la difficulté serait insoluble s'il était sûr que la série aux Ādityas eût 11 ou 12 hymnes, et même si elle n'en avait que 10 : car le premier de ses hymnes a 12 vers, tandis que notre premier hymne aux Maruts n'en a que 11. Il faudrait donc que la série aux Ādityas, et par suite celle aux Açvins, fussent réduites à 9 hymnes. C'est le cas de dire qu'il est plus facile d'ôter là que d'ajouter ici. Sérieusement, l'hypothèse d'additions sera toujours plus vraisemblable que celle de pertes[2].

Or, pour la série aux Açvins, nous n'avons qu'à

[1] Autre chose est diviser un hymne en *strophes* de 2 vers qui ne seraient pas des pragāthas (1er Mémoire, p. 63, note 1), et admettre un hymne primitivement distinct de 2 vers quelconques.

[2] En dépit de l'exemple, unique jusqu'ici, des 4 vers qui manquent à l'hymne X, 109. Voir *La Saṃhitā primitive*, p. 4, note 1. On pourrait supposer peut-être que l'hymne II, 12, a également perdu des vers. Il a, en effet, dans kāṇḍa XX de l'Atharva-Veda (composé presque exclusivement de vers du Ṛig-Veda), 3 vers de plus, avec le même refrain, *sá janāsa indraḥ*. Mais ces 3 vers, 12 et 16-17 (hymne 34) sont très suspects, surtout le premier et le dernier qui répètent la victoire sur Çambara, déjà mentionnée au vers 11.

accepter le retranchement, déjà proposé par Grassmann, du dernier pragātha de l'hymne 74. La raison extrinsèque qui manquait, disais-je [1], existe : c'est précisément la brièveté de la série antérieure aux Maruts. Il nous restera 9 hymnes, dont le premier n'a que 10 vers.

Quant à la série aux Ādityas, commençant par un hymne de 12 vers, elle comprend 6 hymnes, en autant de sūktas, 60-65, plus un nombre d'hymnes à déterminer dans le sūkta 66. Les 4 derniers vers, rompant l'ordre métrique, sont certainement interpolés. Mais les 15 précédents forment 3 tṛicas et 3 pragāthas qui se succèdent régulièrement, comme à la fin de tant d'autres séries. Néanmoins les trois pragāthas de la fin deviennent suspects pour la même raison que le dernier de la série aux Açvins.

Que le lecteur se rende bien compte de la situation. Ce n'est pas sur des cas de ce genre que pourrait reposer une démonstration. Mais, la démonstration une fois faite par une infinité d'exemples concordants, n'est-il pas légitime d'appliquer le principe dont la généralité a été reconnue?

Nous allons d'ailleurs soumettre le principe lui-même à un nouvel examen d'où il sortira, croyons-nous, mieux affermi que jamais, au moins dans sa partie essentielle, celle qui règle l'ordre des collections et des séries d'un nombre d'hymnes différent.

[1] *Ibid.*, p. 39.

§ 4. Encore l'ordre des séries.

Ma première étude sur ce sujet a probablement convaincu mes lecteurs que l'ordre des séries dépend de leur longueur. Mais ai-je trouvé la formule exacte du principe? La longueur des séries est-elle mesurée par le nombre de leurs hymnes ou par le nombre total de leurs vers?

Pour l'ordre des petites collections et des hymnes isolés du maṇḍala X, point de doute. Il faut descendre au delà des neuf premiers hymnes isolés pour en trouver un, 94, qui n'ait pas plus de vers que chacune des trois dernières collections de 2 hymnes, qui les précèdent, et pas une seule des collections de 2 hymnes n'en a autant que le premier hymne isolé, qui les suit, 85. De même, il faut descendre au delà des cinq premières collections de 2 hymnes pour en trouver une, 71-72, qui ait moins de vers que la plus courte de 3 hymnes, 54-56, et il n'y a que deux collections de 3 hymnes, sur neuf, 27-29 et 35-37, qui atteignent et dépassent le nombre des vers de la première collection de 2 hymnes, 61-62. Enfin, la première collection du maṇḍala, comprenant 9 ou 10 hymnes, n'a que 61 vers au plus, devant les deux collections de 7 hymnes, qui ont, la première 92, la seconde encore 63 vers (même en retranchant les vers 24, 4-6). Le principe est ici, avec une évidence absolue, le nombre des hymnes.

Dans le maṇḍala IX, le compte des vers eût conduit exactement aux mêmes conclusions que le compte des hymnes. Nous n'avons donc là rien à apprendre sur la question qui nous occupe. Nous réservons le maṇḍala VIII, qui ne fera d'ailleurs que confirmer l'exactitude de notre formule[1].

Le maṇḍala I, comme le maṇḍala X, témoigne en sa faveur dans tous les cas significatifs :

Çunaḥçepa : 26-27, 7 hymnes à Agni, 21 vers, devant 29 et 30, 1-15, 6 hymnes à Indra, 22 vers (non en vertu d'un droit de préséance reconnu à Agni, puisque les hymnes à Varuṇa précédent). — *Kaṇva* : 40, 4 hymnes à Brahmaṇaspati, 8 vers, devant 41, 3 hymnes aux Âdityas, 9 vers, et 42, 3 hymnes à Pûshan, 9 vers. — *Gotama* : 89-90, 3 hymnes aux Viçve devās, 19 vers, devant 91, 1 hymne à Soma, 23 vers. — *Kutsa* : de 108 à 113, 2 hymnes à Indra et Agni et 2 hymnes aux Ṛibhus, 21 et 14 vers, devant 1 hymne aux Açvins et 1 hymne à l'Aurore, 25 et 20 vers. — *Dīrghatamas* : de 157 à 161, 2 hymnes aux Açvins et 2 hymnes au Ciel et à la Terre, 12 et 10 vers, devant 1 hymne aux Ṛibhus, 14 vers.

Jusqu'à présent tous les témoignages sont concordants. Dans les maṇḍalas II-VII, les exemples significatifs sont peu nombreux, les séries qui contiennent le plus d'hymnes ayant aussi d'ordinaire le plus de vers. On y pourrait même citer deux cas, les premiers et les seuls[2], à l'appui de l'autre for-

[1] Voir plus bas, p. 92.

[2] A moins qu'on ne veuille compter comme troisième celui des deux hymnes II, 36 et 37, de 6 vers chacun, total 12, entre deux hymnes isolés, l'un de 15, l'autre de 11 vers. Je n'insisterai pas sur l'hypothèse indiquée dans mon premier mémoire (p. 33), d'après laquelle ils auraient pu ne former primitivement qu'un seul hymne. Mais ces deux hymnes dont les *devatās*, d'après l'anukramaṇī, sont

mule supposée. Le sūkta V, 82, à Savitar, de 9 vers, après un autre, 81, de 5 vers, se divise, d'après les indications du Sāma-Veda et du Sūtra d'Āçvalāyana, V, 18, 5, en 3 tṛicas (et non en 2 hymnes, l'un de 5 vers, l'autre de 4, comme le veut Grassmann). Total 4 hymnes, après 2 hymnes à l'Aurore; mais 14 vers après 16 vers. De même, le sūkta VII, 94, se divise, en partie d'après les indications du Sāma-Veda, en 4 tṛicas, formant avec le sūkta 93 un total de 5 hymnes à Indra et Agni, après 3 hymnes à Indra et Vāyu, maïs de 18 vers seulement après 19, à la condition qu'on opère sur le sūkta 93 le retranchement, assez naturel d'ailleurs, des deux derniers vers.

Conclura-t-on de ces deux exemples que le principe des maṇḍalas II-VII est différent de celui des autres maṇḍalas? Mais en voici quatre conformes à notre formule :

Maṇḍala IV : De 46 à 52, 3 hymnes à Indra et Vāyu et 3 hymnes à Indra et Bṛihaspati (après analyse du sūkta 50), la première série de 15 vers, l'autre de 14, devant 2 hymnes

les *ṛitavas*, ont-ils pu figurer là dans le classement primitif? Les hymnes *āprī*, à supposer qu'ils ne soient pas interpolés comme ceux-ci, ne sont-ils pas rangés parmi les hymnes à Agni? Pourquoi l'hymne 37 n'aurait-il pas figuré aussi parmi les hymnes à Agni, et l'hymne 36 parmi les hymnes aux Viçve devās? — Pour prévenir, autant que possible, toutes les objections et lever tous les doutes, je ferai remarquer encore que le troisième sūkta aux Viçve devās du maṇḍala II, le sūkta 32, que j'ai considéré comme interpolé (*La Saṃhitā primitive*, p. 33), ne se prête à aucune division permettant d'ajouter plus d'un hymne à la série formée des deux précédents. Il n'y a donc pas lieu, là non plus, d'expliquer la préséance de la série aux Ādityas, 27-29, par le nombre total des vers.

à l'Aurore, 18 vers (ou 17, si l'on retranche le dernier de 52[1]). — *Maṇḍala VI* : 61, 5 hymnes[2] à Sarasvatī, 14 vers, devant 2 hymnes aux Açvins, 22 vers. — Maṇḍala VII : 56-59, 10 hymnes aux Maruts, 46 vers, devant 60-65 et 66, 1-9, 9 hymnes aux Ādityas, 50 vers, et 67-73 et 74, 1-4, 9 hymnes aux Açvins, 54 vers[3]; — De 95 à 100, 3 hymnes à Sarasvatī et à Sarasvant, 8 vers[4], devant 2 hymnes à Indra et Brihaspati, 17 vers, et 2 hymnes à Vishṇu, 14 vers.

Comme on le voit, la série aux Maruts du maṇḍala VII, bien loin de témoigner contre notre formule, la confirme. Car l'autre exigerait plus de retranchements, et dans la série aux Ādityas, et surtout dans la série aux Açvins. L'exemple, en raison des trois séries intéressées, peut même compter pour deux, ainsi que le second du même maṇḍala, et celui du maṇḍala IV.

[1] Si l'on voulait ici compter pour deux hymnes les deux tricas de ce même sūkta 52, la formule du nombre des hymnes serait en défaut aussi bien que celle du nombre des vers (le premier des 3 hymnes, 51, serait trop long). Mais ce n'est pas le seul exemple, dans les maṇḍala II-VII et I, de sūktas divisibles en tricas d'après le Sāma-Veda, qui doivent néanmoins rester intacts. Cf. I, 12, V, 6, VI, 57.

[2] Voir ci-dessus, p. 11. D'ailleurs, l'exemple ne serait pas moins probant si l'on retranchait les deux derniers vers.

[3] Voir ci-dessus, p. 11.

[4] Il peut sembler bien artificiel de diviser en deux le sūkta 95. Le sūkta 96 ne peut cependant être conservé en entier et divisé en deux parties. La première serait trop étrange; car elle ne pourrait avoir moins de 3 vers, et elle se composerait d'un pragātha suivi, contre l'usage, d'un troisième vers. A la vérité, le second des deux hymnes du sūkta 95 commencera par *utá;* mais le fait n'est pas sans exemple (cf. IV, 38, 1, cas un peu différent pourtant, *utá* étant répété). On n'entrevoit pas d'autre solution, à moins de retrancher la série entière, ce qui serait violent.

Les deux cas précédemment cités devront-ils donc être considérés comme des exceptions? Mais comment admettre des exceptions à un principe si général? J'avais une première fois[1] interprété le second en divisant le sūkta VII, 94, non en 4, mais en 2 parties. Cette solution peut paraître artificielle, le sūkta se composant réellement de 4 tricas. Mais ce ne serait pas le seul exemple d'hymnes de 2 (et même de 3 et 4) tricas, déjà agglutinés au moment du classement primitf[2]. A la vérité, nous avons vu la division s'imposer toujours à la fin des longues séries, mais parce que les agglutinations de tricas étaient précédées d'hymnes de 4 et 3 vers. Il ne peut guère être question de fin dans une série qui ne comprend, avant le sūkta objet de la discussion, qu'un seul autre hymne, et cet hymne ayant 6 trishṭubhs (après retranchement des deux derniers à Agni seul), peut très bien être suivi de 2 autres hymnes en gāyatrīs, de 6 vers chacun. Il se pourrait aussi d'ailleurs, puisque le sūkta 93 a bien reçu une addition de 2 vers, que le sūkta 94 eût reçu une addition de 2 tricas. Cette solution est la seule qui se présente pour le sūkta V, 82.

Quoi qu'il en soit, les exemples des maṇḍalas II-VII conformes à notre formule, appuyés sur la masse de ceux que nous avons empruntés aux maṇḍalas I et X, ne peuvent guère laisser de doute sur son exactitude. Ajoutons que le compte des vers ne nous

[1] P. 40.

[2] Voir ci-dessus, p. 16, note 1.

aurait pas dispensés, plus que celui des hymnes, d'admettre une préséance acquise à Agni pour expliquer la place de ses hymnes en tête des maṇḍalas II, IV, VI et VII, et de différentes autres collections.

Cette première question résolue, il s'en pose une autre. Le nombre total des vers, s'il n'a pas réglé l'ordre des collections et des séries d'un nombre d'hymnes différent, ne serait-il pas du moins entré en ligne de compte pour le classement de celles qui ont le même nombre d'hymnes? Ou la préséance est-elle déterminée alors, comme je l'ai admis, par le nombre des vers du premier hymne?

Les cas significatifs sont malheureusement ici très peu nombreux. Même dans le maṇḍala X, les deux formules expliqueraient également bien l'ordre des douze collections de 2 hymnes, et celui des deux collections de 7 hymnes. Mais la série des collections de 3 hymnes est plus instructive. Elle est exactement rangée d'après notre formule, sans aucune exception. Au contraire, le principe supposé du nombre total des vers serait violé au moins[1] une fois : 30-32, 35 vers, devant 35-37, 40 vers. Le témoignage du maṇḍala VIII, de moindre valeur il est vrai, parce que le classement y restera plus hypothétique, même après notre nouvelle étude, serait également en faveur de notre formule[2].

Le reste de la Saṃhitā ne présente que deux cas

[1] Sur 42-44 (33) après 39-41 (31), voir 1er Mémoire, p. 19.
[2] Voir p. 93 et note 1.

où les deux formules ne puissent être indifféremment employées. Encore l'un dépend-il du nombre de vers qu'on retranchera de la série aux Açvins dans le maṇḍala VII.

Si l'on se borne, dans cette série et dans celle aux Ādityas qui la précède, aux moindres retranchements exigés par la brièveté de celle aux Maruts, qui les précède toutes les deux, on aura, comme nous l'avons vu [1], 9 hymnes aux Açvins après 9 hymnes aux Ādityas. Or le premier hymne aux Ādityas a 12 vers et le premier hymne aux Açvins en a 10; mais le nombre total des vers sera, pour la première collection de 50, et pour la seconde de 54. L'autre formule supposée exigerait donc au moins la suppression de deux nouveaux pragāthas, c'est-à-dire du sūkta 74 tout entier, le dernier aux Açvins. Ce n'est pas tout, la série aux Açvins étant réduite ainsi à 7 hymnes, il faudrait en retrancher également 2 à l'Aurore, qui en a 9 actuellement. L'exemple fournit donc en somme un argument assez sérieux à l'appui de notre formule.

L'autre cas lui est contraire. Il s'agit de la série de 3 hymnes à Dadhikrāvan, IV, 38-40, devant les 3 hymnes à Indra et Varuṇa, en deux sūktas, 41-42 [2]. Le premier hymne de la première n'a que 10 vers, et le premier de la seconde en a 11, tandis que le nombre total des vers de la première est du moins égal à celui des vers de la seconde, 21.

[1] Ci-dessus, p. 11.

[2] Cf. *La Saṃhitā primitive*, p. 34.

Un exemple unique serait évidemment insuffisant pour justifier la formule supposée du nombre total des vers. J'avoue d'ailleurs qu'on aurait pu en souhaiter un plus grand nombre à l'appui de la mienne. Le meilleur argument en sa faveur est peut-être encore celui-ci : il paraîtrait un peu bizarre, si l'on avait compté le nombre total des vers pour classer les collections du même nombre d'hymnes, qu'on n'eût pas fait de même pour les collections d'un nombre d'hymnes différent. L'hymne IV, 41 a donc sans doute un vers en trop.

Ajoutons en terminant que le compte des vers (je l'ai vérifié[1]) nous ferait reconnaître, aussi bien que celui des hymnes, le classement des maṇḍalas II-VII en gradation ascendante, quoique la différence devînt alors extrêmement faible entre le Ve et le VIe, et surtout entre le IIIe et le IVe. Mais il n'y a pas d'apparence qu'ayant choisi le compte des hymnes pour les séries, on y ait substitué celui des vers pour les maṇḍalas. Enfin le compte des vers ne ferait pas ressortir plus d'ordre entre les collections du maṇḍala I, que ne l'a fait celui des hymnes.

II.

LES DIFFÉRENTES COUCHES D'INTERPOLATIONS.

§ 1er. La double division en adhyāyas et en anuvākas.

M. Roth, dans le premier de ses mémoires *Zur*

[1] D'après mon compte des hymnes dans *La Saṃhitā primitive*, p. 72 et suiv., comme d'après les résultats nouveaux qui seront résumés dans un index à la fin de ce travail, p. 97 et suiv.

Litteratur und Geschichte des Weda, c'est-à-dire il y a quarante ans, a déjà remarqué (p. 34) que l'adhyāya 4 de l'ashṭaka VI, renfermant actuellement les hymnes Vālakhilya, dépasse considérablement la mesure de la plupart des autres, et a conclu de là que ces hymnes, déjà suspects par la mention spéciale qui les accompagne dans les manuscrits, et par le fait qu'ils sont exclus du commentaire de Sāyaṇa[1], n'avaient pas été compris dans le compte primitif de l'adhyāya.

En effet, la division de la Saṃhitā en 64 adhyāyas, réunis 8 par 8, en 8 ashṭakas ou *huitièmes*, n'a d'autre raison d'être, comme l'indique déjà ce dernier nom, que l'égalité aussi complète que possible des parties. Elle a été imaginée en vue de l'étude, *adhyāya*, et partage l'objet de l'étude en tâches d'égale étendue. De fait, elle ne tient aucun compte, non seulement des séries primitives, mais même des maṇḍalas. Là même où un très léger déplacement de la fin d'un adhyāya aurait suffi pour la faire coïncider avec la fin d'un maṇḍala, on n'en a pas pris souci. Le quatrième adhyāya de l'ashṭaka IV, par exemple, et le premier de l'ashṭaka V, se terminent, l'un par le premier hymne du maṇḍala VI, l'autre par le premier hymne du maṇḍala VII. On n'a respecté que

[1] Le commentateur du Çrauta-sūtra d'Āçvalāyana, I, 1, 1, les exclut aussi de la Saṃhitā, puisqu'il les nomme expressément à côté d'elle. D'ailleurs l'*Anuvākānukramaṇī*, qui vient d'être éditée par M. Macdonell dans les *Anecdota Oxoniensia*, *aryan series*, I, 4, ne les comprend pas non plus (vers 28 : *ime ha shaṭko' gne daça*, 6 hymnes dans l'anuvāka VIII, 6, et 10 dans le suivant). Il en est autrement de la *Sarvānukramaṇī* (*ibid.*, page 30).

l'intégrité des sūktas, y compris ceux qui sont formés par l'agglutination d'un plus ou moins grand nombre de petits hymnes, et qui devaient donc exister dès lors sous leur forme actuelle. La longueur de certains sūktas rendait impossible une division en parties rigoureusement égales. Mais, sous cette réserve, on n'aperçoit aucune cause de nature à expliquer et à justifier une inégalité primitive des 8 ashṭakas et des 64 adhyāyas. Qu'est-ce que des huitièmes qui ne seraient pas des huitièmes, et des soixante-quatrièmes qui ne seraient pas des soixante-quatrièmes?

Le premier classement des hymnes en maṇḍalas, en séries et en sous-séries, a été fait d'après un ensemble de principes que j'ai récemment essayé de préciser et de compléter, mais qui étaient déjà connus en partie, et dont la violation a toujours paru, dès le premier jour, trahir une interpolation. Il est singulier que, depuis la remarque de M. Roth, personne ne semble avoir songé à se demander si la longueur actuelle des adhyāyas ne trahirait pas des interpolations autres que celle des Vālakhilya[1], et ne permettrait pas, soit d'en signaler que les principes de classement déjà reconnus n'auraient pas révélées, soit de distinguer, dans celles qui étaient

[1] M. Roth hésite entre l'hypothèse d'une interpolation postérieure et celle d'un retranchement antérieur à la division. Mais la seconde explication, admissible à la rigueur pour les Vālakhilya qui paraissent avoir été toujours distingués du reste, ne saurait convenir à tant d'autres hymnes qui grossissent outre mesure différents adhyāyas.

déjà constatées, deux couches successives, l'une antérieure, l'autre postérieure à la division en adhyāyas.

Il paraît évident, en effet, que tout adhyāya actuel dépassant notablement la moyenne, et, pour préciser, car les Hindous ne font rien par à peu près, la dépassant d'une longueur supérieure à la fois à la moitié de son dernier sūkta et à la moitié du premier, en d'autres termes, à la moitié du plus gros de ces deux chiffres (on a pu être amené à chercher l'équilibre, tantôt en arrière, tantôt en avant), devra être considéré comme renfermant une ou plusieurs interpolations postérieures à la division. Seulement, pour établir ces calculs, il ne suffit pas de connaître le diviseur 64. Nous aurons à reconnaître le dividende, c'est-à-dire à voir si le partage égal a été fondé, comme le supposait M. Roth, sur le compte des vargas, fragments de sūktas de 5 vers en moyenne, rattachés, en effet, à la division en adhyāyas, ou sur quelque autre principe à découvrir.

Parallèlement à la division en adhyāyas, la Saṃhitā du Ṛig-Veda présente encore une division en anuvākas. Celle-ci respecte l'intégrité des maṇḍalas, et on oppose d'ordinaire la division en maṇḍalas et anuvākas à la division en ashṭakas et adhyāyas, la première comme plus ancienne, la seconde comme plus moderne : mais la chose demande des explications. Sans doute, la division en maṇḍalas, ou pour parler plus exactement, la formation des maṇḍalas, est nécessairement antérieure à la division en ashṭakas qui suppose la Saṃhitā déjà constituée. Mais il ne suit pas de là que la division en anuvākas doive être antérieure à la division en adhyāyas. C'est peut-être même le contraire qui est le plus vraisemblable *a priori*. Les adhyāyas forment avec les ashṭakas un ensemble, très artificiel sans doute, mais aussi parfaitement homogène. Au contraire, la combinaison des maṇḍalas et des anuvākas a un caractère hybride. Les maṇḍalas sont des collections primitives et rationnelles, tandis que les anuvākas semblent être une imitation des adhyāyas, imaginée pour établir un parallélisme entre les deux grands systèmes des maṇḍalas et des ashṭakas.

En effet, le principe de la formation des anuvākas paraît être une division des maṇḍalas en parties égales. Toutefois, il ne peut être question d'une égalité rigoureuse pour les 85 anuvākas de la Saṃhitā comme pour les 64 adhyāyas. Tout d'abord, le respect de l'intégrité des maṇḍalas, qui sont de longueur très inégale, s'y oppose. On a seulement déterminé le nombre des anuvākas à former sur chaque maṇḍala, de façon que la longueur de ces chapitres ne différât pas trop de l'un à l'autre. On a même respecté scrupuleusement l'intégrité des 15 collections dont se compose le maṇḍala I, et on s'est borné à distinguer les plus courtes des plus longues en formant sur celles-ci deux anuvākas; une seule en a trois, et nous verrons qu'il est difficile d'expliquer cet avantage immérité autrement que par le désir de compléter pour le maṇḍala le chiffre de deux douzaines, en regard de la douzaine du maṇḍala X.

Dans les autres maṇḍalas même, nous remarquons des coïncidences de la fin des anuvākas avec celles des séries primitives qui ne peuvent être toutes fortuites, bien que dans d'autres cas, l'intégrité des séries ait été complètement sacrifiée. Bref, nous ne pouvons exiger des anuvākas, même à l'intérieur d'un même maṇḍala ou d'une même collection comme celles du maṇḍala I, une égalité rigoureuse, dans les limites fixées pour les adhyāyas, que dans les cas où leur fin ne coïncide pas avec celle d'une série, et où par conséquent on ne pourrait entrevoir aucune explication de l'inégalité. Ces cas ne sont pas très nombreux, mais il en est pourtant d'instructifs, un surtout où nous trouverons la preuve que les anuvākas sont bien postérieurs aux adhyāyas, et d'autres encore qui nous permettront d'établir que certaines interpolations postérieures à la division en adhyāyas sont postérieures aussi à la division en anuvākas. De plus, notre étude confirmera en partie l'idée suggérée par M. Roth, et déjà acceptée par moi-même[1], d'interpolations assez nombreuses à la fin des anuvākas. Il va sans dire que nous aurons, ici aussi, à déterminer le dividende qui pourra très bien, comme il s'agit d'époques différentes, n'être pas identique à celui de la division en adhyāyas.

Rien ne peut sembler plus naturel en somme, qu'une répartition des interpolations reçues par la

[1] Voir *La Saṃhitā primitive*, p. 14 et note 1. Toutefois l'hypothèse relative à l'hymne V, 44, suspecté pour des raisons *purement intrinsèques*, ne se vérifiera pas.

Saṃhitā entre les différentes périodes de son histoire. J'ai annoncé différentes couches d'interpolations. Mais il y en a une autre plus récente encore et bien connue.

L'étendue de la Saṃhitā, telle qu'elle se montre dans nos éditions, est réglée sur les indications des anukramaṇīs, particulièrement de la Sarvânukramaṇī. Mais les anukramaṇīs, tout en fixant le compte des hymnes et des vers, n'ont pas arrêté les interpolations, puisque les manuscrits du Ṛig-Veda comprennent encore un certain nombre de Khilas, dispersés à travers la Saṃhitā entière, et que M. Aufrecht a réunis à la suite de sa seconde édition. Avant cette dernière couche, postérieure à la Sarvānukramaṇī, on peut donc espérer d'en reconnaître trois autres, qui comprendront, en remontant : les interpolations antérieures à l'Anukramaṇī, mais postérieures à la division en anuvākas[1] (de ce nombre est celle des Vālakhilya); les interpolations antérieures à la division en anuvākas, mais postérieures à la division en adhyāyas; enfin les interpolations antérieures à la division en adhyāyas, et révélées seulement par les principes du classement primitif.

[1] On pourrait même songer à distinguer parmi celles-ci des interpolations antérieures (de beaucoup les plus nombreuses), et des interpolations postérieures au pada-pāṭha (VII, 59, 12; X, 121, 10; 90), qui serait donc postérieur à la division en anuvākas.

§ 2. Le dividende de la division en adhyāyas.

La première idée qui vienne à l'esprit est celle à laquelle s'était arrêtée M. Roth. Les vargas étant rattachés à la division en adhyāyas, on est en droit de supposer que le dividende cherché est le nombre total des vargas de la Saṃhitā. Le plus rapide coup d'œil jeté sur le tableau suivant prouvera que, cette fois du moins, la première idée était la mauvaise.

I, 1	37	II, 1	26
2	38	2	27
3	35	3	26
4	29	4	29
5	31	5	29
6	32	6	32
7	37	7	25
8	26	8	27
III, 1	34	IV, 1	33
2	26	2	28
3	31	3	31
4	25	4	36
5	26	5	30
6	30	6	25
7	27	7	35
8	26	8	32
V, 1	27	VI, 1	40
2	30	2	40
3	30	3	49
4	30	4	54
5	27	5	38
6	25	6	38
7	33	7	39
8	36	8	33

VII, 1	41	VIII, 1	30
2	33	2	24
3	26	3	28
4	28	4	31
5	33	5	27
6	28	6	27
7	30	7	30
8	29	8	49

On voit tout de suite quels bonds font les adhyāyas entre le minimum 24 et le maximum 54, ou 49 si on laisse de côté l'ashṭaka VI, 4, renfermant les Vālakhilya. Précisons pourtant. Le nombre total des vargas est de 2,024, ou, sans les Vālakhilya (18 vargas) 2,006, moyenne par adhyāya, 31 plus une fraction d'environ un quart. Prenons maintenant les adhyāyas 1 et 3 de l'ashṭaka VII, formés entièrement, l'un sur la série des gāyatrīs, l'autre sur la série des jagatīs et des trishṭubhs du maṇḍala IX. Les principes du classement primitif ne font ressortir ni dans l'un ni dans l'autre, je ne dis pas un seul sūkta, mais un seul vers, à plus forte raison un seul varga suspect. Cependant, ils ont, l'un 10 vargas de plus, l'autre 5 vargas de moins que la moyenne 31, et le premier dépasse le second de plus de moitié. Celui-là, il est vrai, se termine par un sūkta très long, 64, mais dont les 6 vargas sont cependant tout à fait insuffisants pour lever la difficulté. Quant à l'autre, il est limité extérieurement par l'hymne 75, terminant l'adhyāya précédent, et par l'hymne 91, commençant le suivant, tous deux d'un seul varga. Il n'y avait donc pas de raison pour qu'il ne fût pas rigoureusement égal à la moyenne primitive, ce qui augmenterait encore l'écart du premier.

En effet, si l'on a le droit d'attendre qu'aucun adhyāya ne dépasse la moyenne primitive d'un chiffre supérieur à la fois à la moitié de son dernier sūkta, et à la moitié du premier, c'est-à-dire à la moitié du plus gros de ces chiffres, de même on peut demander qu'aucun ne reste au-dessous de la moyenne d'un chiffre supérieur à la fois à la moitié du dernier sūkta de l'adhyāya précédent, et à la moitié du premier du suivant, c'est-à-dire à la moitié du plus gros de ces chiffres.

D'après cela, l'adhyāya VII, 3 lui-même serait, sans excuse, d'une unité au-dessus de la plus haute moyenne acceptable. Celle-ci, en effet, nous serait donnée par l'adhyāya V, 6, limité extérieurement par deux hymnes, VII, 80 et 101, d'un seul varga chacun; elle serait de 25 (l'adhyāya le plus bas, VIII, 2, de 24 vargas, est compris entre deux hymnes, l'un de 2 vargas, l'autre de 5).

Énumérons maintenant les adhyāyas qui ne satisferaient pas au programme, ou plutôt, ce sera plus vite fait, ceux qui y satisferaient. De ceux-là, nous pourrons compter jusqu'à 15 : I, 8; II, 1, 3 et 7; III, 2, 4, 5 et 8; IV, 5 (le dernier hymne a 10 vargas) et 6; V, 1 et 6; VIII, 2, 3 (dernier 9 vargas) et 5. Reste : 49 adhyāyas trop longs, beaucoup de quantités considérables, quelques-uns à peu près du double.

Au lecteur qui trouverait nos exigences trop

grandes, un autre tableau répondra tout à l'heure. La proportion entre les adhyāyas rigoureusement exacts et les autres y sera retournée.

Si le dividende cherché n'est pas le nombre des vargas, sera-ce le nombre des sūktas? ou celui des vers? ou celui des syllabes? J'ai pris la peine, peine perdue, de faire tous ces comptes pour chaque adhyāya, en y ajoutant encore celui des pādas. Je n'ai reculé que devant le compte des mots, usité dans la Taittirīya-Saṃhitā, mais seulement pour la formation des petits fragments appelés kaṇḍikās. Il y a apparence d'ailleurs que pour des morceaux de l'étendue des adhyāyas, le compte des mots aurait donné sensiblement la même proportion que celui des syllabes. Or les syllabes ne répondent pas plus à notre objet que les pādas, les vers ou les sūktas.

J'épargne au lecteur le tableau que j'ai dressé pour mon compte de ces différents éléments, et me contente d'en tirer quelques chiffres décisifs.

Le nombre des sūktas varie de 7 (V, 8) à 49 (VIII, 8). Deux adhyāyas aussi exempts de tout soupçon que ceux dont il a été question plus haut (le second au moins pour le nombre des sūktas), et formés également sur le maṇḍala IX, à savoir VI, 8 et VII, 4, en ont, l'un 31, l'autre 10. Inutile d'insister.

Continuons à opérer sur cette partie de la Saṃhitā où la perfection du classement paraît exclure toute idée d'interpolation. Les adhyāyas VI, 8, et VII, 1, ont, l'un 204, l'autre 200 vers. Les adhyāyas VII, 3 et 4, en ont l'un 135, et l'autre 138 (ou 135 après suppression de IX, 97, 58 et 99, 7-8). Or l'adhyāya VII, 1, se termine par un sūkta assez long, de 30 vers, mais VI, 8, commence par un hymne de 9, et finit par un de 6. Sa longueur serait donc injustifiable, aussi bien que la brièveté de VII, 3 et 4, limités extérieurement, le second par des hymnes de 6 et 16 vers, le premier par des hymnes de 5 et 6 vers. Dans d'autres parties de la Saṃhitā, le nombre des vers varie beaucoup moins d'un adhyāya à l'autre, par exemple dans l'ashṭaka III : 176, 137, 158, 135, 148, 159, 144, 152, ou dans l'ashṭaka V : 143, 156, 165, 156 150, 145, 165, 183. C'est que les ashṭakas III et V sont formés, le premier exclusivement sur les maṇḍalas III à V, le second à peu près exclusivement sur les maṇḍalas VI-VII, c'est-à-dire sur des parties où dominent la trishṭubh et la jagatī, mètres à peu près égaux, et où les autres mètres, d'ailleurs beaucoup plus rares, sont à peu près également répartis entre les différents adhyāyas. Au contraire, VI, 8, et VII, 1, sont composés exclusivement de gāyatrīs, VII, 3, exclusivement de jagatīs et de trishṭubhs, VII, 4, de trishṭubhs en grande majorité, et d'anushṭubhs. On se rappelle que les deux derniers ont 135 et 138 (ou 135) vers, et les deux premiers, 204 et 200. L'adhyāya I, 1, composé aussi presque exclusivement de gāyatrīs, a pareillement 194 vers. Dans les ashṭakas III et V, dont nous avons donné les chiffres tout à l'heure, l'adhyāya qui dépassait le plus la moyenne, V, 8, avec 183 vers, a aussi une proportion beaucoup plus grande de mètres courts. Il résulte de là avec évidence que la longueur des vers a dû entrer en ligne de compte dans la formation des adhyāyas.

Elle y serait entrée seule, si le dividende cherché était le nombre des syllabes. Mais on va voir bien vite qu'il est impossible de s'arrêter à cette idée. Dans le maṇḍala IX, les adhyāyas exclusivement composés de gāyatrīs, VI, 8, et VII, 1, ont 4,896 et 4,804 syllabes, tandis que l'adhyāya VII, 3, composé exclusivement de jagatīs et de trishṭubhs, en a 6,344, et VII, 4, composé de trishṭubhs et d'anushṭubhs, 5,732 (ou 5,624). De même, I, 1, composé presque exclusivement de gāyatrīs, n'a que 4,816 syllabes. Le huitième adhyāya de l'ashṭaka V, où dominent les mètres courts, a à peu près le même chiffre, 4,893, tandis que les autres adhyāyas du même ashṭaka, où dominent la trishṭubh et la jagatī, présentent des chiffres à la fois beaucoup plus élevés, et beaucoup plus voisins les uns des autres : 6,050, 6,330, 6,275, 6,440, 6,195, 6,040, 5,818.

Donc, si la longueur des vers a dû entrer en ligne de compte, elle n'y a pu entrer que dans une certaine mesure. C'est cette mesure qui reste à trouver. Le compte des pādas nous rapprocherait naturellement du but. Si au lieu d'opposer par exemple les 24 syllabes de la gāyatrī aux 48 syllabes de la jagatī, on opposait seulement les 3 pādas de l'une aux 4 pādas de l'autre, on remplacerait la proportion de 1 à 2 par la proportion de 3 à 4. On tiendrait compte encore de la longueur des vers, comme la nécessité en a été reconnue; mais on ne tiendrait compte dans une moindre mesure que par le compte des syllabes, ce qui n'a pas paru moins nécessaire. En fait, et pour en revenir toujours au maṇḍala IX, les adhyāyas VI, 8, et VII, 1 ont 612 et 600 pādas, les adhyāyas VII, 3 et 4, 540 et 552 (ou 540), c'est-à-dire que les deux derniers sont inférieurs aux deux premiers d'environ un douzième. Or, dans le compte des vers, ils leur étaient inférieurs de plus d'un quart, et dans celui des syllabes, ils leur étaient supérieurs, l'un de plus d'un quart, l'autre d'environ un cinquième.

Il s'en faut pourtant que ce compte puisse encore nous satisfaire. L'adhyāya VI, 8, qui paraît à l'abri de tout soupçon comme VII, 3, commence par un hymne de 27 pādas et finit par un hymne de 18. Il ne devrait donc pas dépasser la moyenne primitive de plus de 13 pādas. De son côté, VII, 3 est limité extérieurement par des hymnes de 20 et 24 pādas; il ne devrait donc pas être au-dessous de cette moyenne de plus de 12 pādas. Le plus grand écart admissible entre les deux serait de 25 pādas. Cependant, l'un en a 612, et l'autre 540. Autre fait, plus frappant. L'adhyāya II, 1 ne contient qu'un seul hymne vraiment suspect, I, 133, de 33 pādas : il en a pourtant 760. C'est qu'il est composé pour la plus grande partie de vers extrêmement rares, de 7 pādas : preuve évidente que le dividende cherché n'est pas le nombre des pādas.

Il est d'ailleurs inutile de chercher par conjecture la formule qui concilie dans la mesure voulue la considération du nombre des vers et celle de leur longueur. Car, pour la trouver, nous n'avons qu'à ouvrir le Prātiçākhya du Ṛig-Veda, au paṭala 15, consacré justement aux leçons en vue desquelles paraît avoir été inventée la division en adhyāyas.

Nous y lisons, du vers 13 au vers 16[1], d'abord qu'une leçon, *adhyāya*, se compose de fragments appelés *praçna*, et que chaque praçna comprend 2 vers quand le mètre a plus de syllabes que la paṅkti, c'est-à-dire plus de 40 syllabes, 2 ou 3 quand c'est la paṅkti (ou un mètre quelconque de 40 syllabes[2]), 3 dans les autres cas. Deux dvipadās comptent pour un seul vers (vers de 40 syllabes, au moins quand c'est la dvipadā virāj, donc assimilé à la paṅkti).

Un texte sur lequel Adolphe Regnier et M. Max Müller sont en désaccord, porterait, d'après le premier que les répétitions ne sont pas comptées, d'après le second, qu'elles le sont. M. Max Müller hésite d'ailleurs, avec les manuscrits, et son argument « Il est dans la nature des choses que les répétitions ne soient pas laissées de côté dans l'enseigne-

[1] On sait que les vers 14 et 15 sont répétés vers la fin du paṭala 18.

[2] Le commentaire d'Uvaṭa porte (ms. de Paris, D, 203) : *paṅktishu tādṛikshu dvṛico vā praçno bhavati tṛico vā.*

ment » pourrait être retourné contre lui : car, alors, pourquoi aurait-on pris la peine de le dire expressément[1]? Ce n'est pas d'ailleurs les laisser de côté, que de ne pas les faire entrer en ligne de compte pour déterminer la longueur des tâches. En fait, on verra plus loin que, sinon toutes les répétitions, au moins certaines d'entre elles, ont été déduites du compte qui a servi de base à la formation des adhyāyas, tels que nous les trouvons délimités dans la Saṃhitā.

La division en praçnas respecte l'intégrité des sūktas, et des indications complétées par le commentateur déterminent l'étendue des restes qui doivent être adjugés au praçna précédent. Deux vers même, quand ils sont moins longs que la paṅkti, ne peuvent pas plus former un praçna à la fin qu'au milieu d'un hymne. Quand les vers sont inégaux, la question est résolue, selon le commentateur, par le nombre des syllabes, c'est-à-dire apparemment que 2 vers qui ne donnent pas un total de deux fois 40 syllabes ne suffisent pas pour former un praçna.

On doit supposer par analogie que ce dernier principe est appliqué à l'intérieur des hymnes pour tous les vers de longueur inégale.

En revanche tout sūkta, n'eût-il qu'un vers, comme

[1] Le texte « *gaṇyāḥ* », en admettant que ce soit là la vraie leçon, supposerait tout au moins l'existence d'un système différent, combattu par l'auteur. Or on verra plus loin que nous ne cherchons dans les sūtras du Prātiçākhya qu'un souvenir plus ou moins exact de la délimitation primitive des adhyāyas, et non les règles mêmes de cette délimitation.

le quatre-vingt-dix-neuvième du maṇḍala I, forme au moins un praçna.

Enfin il est dit qu'un *adhyāya* comprend 60 praçnas, ou un peu plus quand ce chiffre est atteint au milieu d'un sūkta.

Les *adhyāyas* ainsi formés, quelque parti qu'on prenne même sur la question des répétitions, ne répondraient pas toujours, tant s'en faut, aux adhyāyas actuels de la Saṃhitā, et cependant l'auteur du Prātiçākhya travaillait sur le même texte que nous. Nous trouvons peut-être une constatation de cette divergence dans un dernier texte que ni Adolphe Regnier, ni M. Max Müller, ne paraissent avoir élucidé complètement : *athaike prāhur anusaṃhitaṃ tatpārāyaṇe pravacanaṃ praçastam.* La vraie traduction littérale paraît être celle de Regnier : « Quelques maîtres disent que, pour ce genre de récitation dans la lecture, le mieux est de se conformer au *saṃhitāpāṭha* », ou, plus littéralement encore, et sans préjuger l'interprétation, « de suivre la *saṃhitā* ». Celle de M. Max Müller « Dann sagen aber Einige, dass dies Hersagen beim Lehren am besten der Saṃhitā folgt » doit renfermer une équivoque : car le savant indianiste n'a pu méconnaître un emploi constant, à ce qu'il semble, du terme *eke*, qui annonce une opinion différente de celle de l'auteur. Mais en même temps, son commentaire, appuyé sur celui d'Uvaṭa (*saṃhitākrameṇa*), peut suggérer le vrai sens de l'expression *anusaṃhitam*. Les autres maîtres n'enseignaient pas, comme l'entendait Regnier, qu'il vaut mieux suivre exclusivement le *saṃhitā-pāṭha*, et négliger le *pada* et le *krama*, mais qu'il valait mieux suivre la Saṃhitā, telle qu'elle est, c'est-à-dire respecter les adhyāyas traditionnels au lieu de découper des leçons nouvelles, ne dépassant jamais 60 praçnas que d'un chiffre inférieur à celui de leur dernier sūkta.

Mais, dira-t-on, l'autorité du Prātiçākhya, dans la question qui nous occupe, tombe du même coup? Aussi s'agit-il moins encore d'une autorité à invoquer, que d'une indication à utiliser, s'il y a lieu. Cependant, je me hâte d'ajouter que le Prātiçākhya, en présence d'une Saṃhitā où plusieurs adhyāyas dépassaient considérablement la moyenne, a très bien pu indiquer une nouvelle délimitation des leçons, tout en conservant, pour la formation des praçnas, les règles traditionnelles. Au contraire, le chiffre 60, quoique voisin de ceux de beaucoup d'adhyāyas réels, paraît avoir été arrondi pour servir de base à la délimitation des nouvelles leçons, et on ne saurait voir là *a priori* une indication certaine de la moyenne primitive des adhyāyas, quotient d'une division dont le dividende et le diviseur étaient fermes.

En fait, si nous admettons que ce dividende était le nombre total des praçnas de la Saṃhitā, formés d'après les règles énoncées ci-dessus, il nous sera facile de voir que la moyenne des adhyāyas devait être de 61, c'est-à-dire différer d'une unité du chiffre indiqué, 60. D'ailleurs les adhyāyas primitifs auront pu être au-dessous comme au-dessus de 61, mais, à ce qu'il semble, seulement d'un chiffre inférieur, dans le premier cas, à la moitié du plus long des deux sūktas qui le limitaient extérieurement, comme d'un chiffre inférieur, dans le second cas, à la moitié du plus long des deux sūktas qui le limitaient intérieurement, c'est-à-dire du premier et du dernier[1]. L'équilibre paraît même avoir été étudié de telle sorte qu'en dépit de la longueur de certains sūktas, aucun adhyāya ne descendît ni ne s'élevât de plus de 2 ou 3 unités au-dessous ou au-dessus de 61.

Interrogeons d'abord, comme précédemment, des adhyāyas formés sur le maṇḍala IX, et d'avance exempts de tout soupçon, à savoir VI, 8; VII, 1 et 3. VI, 8 et VII, 3 ont, selon qu'on retranche ou non les répétitions, de 60 à 63 praçnas. VII, 1, qui n'en contient aucune, mais qui finit par un long sūkta devant un autre long sūkta, en a juste 60. On voit qu'en aucun cas la moyenne ne peut être bien éloignée de ce dernier chiffre. Ceci posé, il faut prendre un parti sur la question des répétitions, et d'abord préciser l'application du mot *samaya*, que nous avons traduit jusqu'à présent par ce terme.

Les répétitions de beaucoup les plus fréquentes consistent, soit dans des refrains d'un ou plusieurs pādas, ou même seulement de quelques mots[2] communs à tous les vers d'un hymne ou à quelques-uns d'entre eux, soit dans des refrains de même étendue,

[1] Voir la *Note additionnelle* I, à la fin de cet article, p. 94.

[2] Par exemple, *sá janāsa índraḥ*, refrain de l'hymne II, 12.

où de 1 et de 2 vers, placés à la fin d'hymnes qui se suivent. Je n'hésite pas à croire, et l'on va voir pourquoi, qu'une partie des répétitions de ce genre ont été omises dans le compte des praçnas, chaque refrain ne comptant qu'une fois. Là où le refrain ne comprend pas un vers entier, l'omission ne pouvait consister qu'à déduire du nombre des syllabes du vers celui des syllabes du refrain, et à traiter le reste en conséquence, par exemple la paṅkti à refrain de 1 pāda comme une anushṭubh, la trishṭubh à refrain de 1 pāda, comme une virāj à 3 pādas, etc., c'est-à-dire, dans l'un et l'autre cas, à ne former un praçna complet qu'avec 3 vers de ce genre; enfin à considérer une trishṭubh à refrain de 2 pādas, ou une gāyatrī à refrain d'un seul pāda, comme une dvipadā qu'il fallait réunir en un seul vers avec une dvipadā voisine.

Que les répétitions, si elles doivent être omises, doivent l'être sans considération de leur longueur, c'est ce qui résulte du texte même où la présence d'une négation est contestée, mais où l'expression *parāvarārdhya* ne peut guère avoir d'autre sens que celui que lui donne M. Max Müller, « depuis les plus longues jusqu'aux plus courtes ». En revanche, je crois que le décompte ne doit porter que sur les répétitions immédiates, c'est-à-dire qui se présentent dans des vers consécutifs, telles que les refrains d'un même hymne.

Mes raisons, en présence des doutes qui subsistent sur le texte du Prātiçākhya, pour déduire ce genre de refrains, sont, on le devine, que ces déductions rapprochent beaucoup de la moyenne présumée quelques adhyāyas qui, si on les comptait, la dépasseraient d'une quantité inacceptable. Exemples : I, 6, qui descend de 69 ou 67, selon l'option offerte pour les paṅktis, à 66 ou 64; VII, 8, qui descend de 68 à 64; et surtout I, 7, qui tombe seulement à 67, mais de 81 ou 79. Ce dernier, quoique le chiffre en reste trop élevé, est peut-être le plus concluant. On constate à première vue qu'il est composé en grande partie de vers à refrains, et l'excès énorme qu'il présenterait sans la déduction des refrains serait difficilement explicable : il ne contient, en effet, qu'un seul hymne suspect[1].

Mais faut-il aller plus loin, et déduire les répétitions de toute espèce, à quelque distance qu'elles se produisent? Ici encore, à défaut d'autre indication, je jugerai les hypothèses par leurs conséquences. Il

[1] I, 99 et 100, quoique attribués à des auteurs autres que Kutsa, sont rangés dans la collection de Kutsa exactement à la place où les appelait le principe numérique. Il y a d'ailleurs, dans les maṇḍalas II-VII, d'autres exemples d'hymnes attribués à des auteurs particuliers, qu'on ne considère pas pour cela comme interpolés. Il faudra pourtant bien retrancher quelques praçnas pour ramener l'adhyāya à un chiffre acceptable (le maximum, comme on le verra, serait 65), et faire porter ce retranchement sur l'hymne 104, qui viole seul le principe numérique, bien qu'on eût pu lui supposer seulement un vers de trop. Mais le retranchement des trois hymnes à la fois, quoique *juste suffisant* pour réduire l'adhyāya au *maximum* admissible sans le décompte des refrains, serait une solution peu séduisante. Bien singulier serait le hasard qui aurait accumulé les interpolations les moins sûrement reconnaissables précisément dans l'adhyāya renfermant le plus d'hymnes à refrains.

s'agit moins, en effet, de déterminer la portée exacte du texte du Prātiçākhya, que de retrouver les principes, peut-être après tout différents sur quelques détails, qui ont guidé les auteurs de la division en adhyāyas, telle qu'elle nous a été conservée.

L'adhyāya VII, 6, serait réduit, par le décompte des vers ou fragments X, 9, 6-9; 12, 6 *b* et 9; 14, 6 *d*; 15, 6 *d*; 18, 2 *b*, qui ont figuré déjà dans diverses parties de la Saṃhitā, à 57 praçnas, quoiqu'il ne soit limité extérieurement que par des hymnes très courts, de 2 et 3 praçnas. La déduction même des refrains, soit d'un pāda, soit d'un vers entier, formant la conclusion d'un plus ou moins grand nombre d'hymnes dans une même collection, aurait quelquefois des résultats analogues. Tel le *vidyāmeshám vṛijánaṃ jīrádānum*, de la collection d'Agastya, dont la déduction, dans les hymnes d'un nombre pair de trishṭubhs, abaisserait le total des 2 derniers vers au-dessous de 80, et devrait par conséquent les faire joindre au praçna précédent. Cette déduction, opérée dans l'adhyāya II, 4, le ferait descendre au chiffre également inacceptable de 55 praçnas. Les adhyāyas V, 4, 5 et 6, et l'ensemble de l'ashṭaka V semblent plus significatifs encore. Le décompte du refrain du maṇḍala VII, *yūyám pāta svastíbhiḥ sádā naḥ*, et des autres répétitions, telles que VII, 94, 7 *c* et 8 *b-c*, qui ont figuré précédemment dans le maṇḍala I, réduiraient les adhyāyas signalés à 56 praçnas chacun, bien qu'ils ne soient limités extérieurement, le premier que par des hymnes de 6 et 7 praçnas, le second que par des hymnes de 2 et 4, le troisième que par des hymnes de 1 et 3. Les mêmes opérations feraient tomber l'ensemble de l'ashṭaka au chiffre de 470 ou 471 praçnas, inférieur de 9 praçnas au moins à 8 fois 60, et de 17 praçnas à 8 fois 61. Or un écart excessif au-dessus de la moyenne pourrait toujours s'expliquer par des interpolations. Mais l'hypothèse de pertes notables, pour expliquer un écart pareil au-dessous, semblerait bien arbitraire.

Je regarde donc comme très probable : 1° que les refrains et plus généralement les répétitions d'un même hymne ont été omis dans le compte des praçnas pour la formation des adhyāyas primitifs; 2° que le décompte ne s'est étendu ni aux répétitions faites à de longs intervalles ni même aux conclusions identiques d'hymnes consécutifs. Cette solution a d'ailleurs l'avantage d'être la plus naturelle, le compte des praçnas se faisant par hymnes, et recommençant à chaque hymne nouveau.

D'après ces principes, les adhyāyas VI, 8 et VII, 3, formés sur les parties du maṇḍala IX les plus exemptes de tout soupçon, auraient chacun 62 praçnas. Comme ils commencent et finissent par des hymnes de 2 et 3 praçnas seulement, ils ne doivent pas être au-dessus de la moyenne de plus de 1 praçna : la moyenne est donc au moins de 61. D'autre part, le premier adhyāya du premier ashṭaka n'a que 60 praçnas, bien que le premier hymne de l'adhyāya suivant n'en ait lui-même que 2 : il ne doit pas être au-dessous de la moyenne de plus de 1 praçna. La moyenne est donc au plus de 61, et comme nous avions vu déjà qu'elle devait être de 61 au moins, elle est précisément de 61.

Dressons maintenant le tableau des praçnas calculés par adhyāya selon les principes supposés plus haut. *Aucun* adhyāya ne se trouvera au-dessous de 61 d'un chiffre supérieur à la moitié du plus long des 2 hymnes qui le limitent extérieurement. Nous signalerons par des italiques les adhyāyas qui dépasseront 61 d'un chiffre supérieur à la moitié du plus long des deux hymnes qui les limitent intérieurement, c'est-à-dire de leur premier ou de leur dernier hymne. Pour faciliter la vérification, nous placerons avant le chiffre des praçnas de chaque adhyāya, celui des praçnas de son premier hymne, et après, celui des praçnas du dernier.

I,	1		60	1
	2	2	*65*	7
	3	7	60	5
	4	3	64	8
	5	6	57 ou 62 [1]	5
	6	3 ou 4	64 ou 66	6
	7	5	*67*	9
	8	10	63	7
II,	1	7	62	3
	2	1	61	3
	3	2	61	7

[1] Il s'agit de l'option permise pour les paṅktis et les mètres assimilés, ici des couples de dvipadās.

II,	4	7	63 ou 64	3
	5	3	62	2
	6	3	*70*	9
	7	8	63	3
	8	3	62	5
III,	1	5	64	6
	2	11	63	4
	3	3	61	7
	4	4	61	7
	5	7	61	6
	6	5	64	8
	7	5	59	5
	8	5	62	3
IV,	1	2	61	6
	2	5	61	4
	3	3	62 ou 63	4
	4	3	63	6
	5	4	66	16
	6	7	62	3
	7	3	68 ou 69	14 ou 15
	8	7 ou 8	62 ou 63	5
V,	1	5	63	9
	2	5	*65*	5
	3	5	64 ou 66	7
	4	4	*64*	4
	5	6	64	1
	6	2	62	3
	7	3	60	7
	8	13	60	3
VI,	1	10	66	8
	2	6	63 ou 64	5

VI,	3	10	*78 ou 84*	13
	4	11	*88*	7
	5	6	60	3
	6	2	62	5
	7	4	62 ou 63	3
	8	3	62	2
VII,	1	2	60	10
	2	9	62	2
	3	2	62	3
	4	3	62	3
	5	5	58 ou 60	3
	6	3	62 ou 63	6 ou 7
	7	2	61	4
	8	3	64	6
VIII,	1	5	65	13
	2	4	62	5
	3	3	61	16
	4	7	*67 ou 68*	7
	5	9	62	3
	6	5	60	2
	7	4	*65 ou 68*	3
	8	2	*69 ou 70*	

Le nombre des adhyāyas qui ne satisfont pas aux conditions posées est de 10 sur 64. La proportion relevée dans le tableau des vargas est donc bien, comme je l'avais annoncé, retournée. Quelque parti qu'il faille prendre définitivement sur la question des répétitions (elle n'intéresse sérieusement qu'un petit nombre d'adhyāyas), nous devons croire que nous tenons enfin, dans le compte des praçnas, le dividende cherché, ou renoncer à l'espoir de le trouver jamais.

Il est cependant probable que quelques autres adhyāyas encore, par exemple, IV, 7, dont les 68 praçnas seraient explicables à la rigueur par la longueur de son dernier sūkta, se trouveront trop longs quand, au lieu de les envisager isolément, nous voudrons vérifier la moyenne générale, et particulièrement quand nous ferons entrer en ligne de compte les adhyāyas d'un même ashṭaka.

Car les ashṭakas eux-mêmes ont dû apparemment être aussi égaux que possible, et l'équilibre rompu par les adhyāyas les plus longs devait être rétabli à l'intérieur de chacun d'eux avec une approximation analogue à celle que nous avons exigée des adhyāyas. La moyenne des adhyāyas étant de 61, celle des ashṭakas doit être de 8 fois 61, c'est-à-dire 488. L'ashṭaka VII, avec 493 praçnas, ne dépassera cette moyenne que d'un chiffre très faible, quoique supérieur déjà à la moitié du plus long des deux hymnes qui le limitent extérieurement. Mais l'excès est plus considérable dans les autres, et non seulement dans ceux où ont été signalés déjà des adhyāyas suspects, mais dans l'ashṭaka IV, qui présente la somme beaucoup trop forte de 505 praçnas au moins, et trahit par conséquent des interpolations importantes.

Car on ne peut décidément garder de doutes sur la cause des irrégularités signalées. Un texte sacré a toujours beaucoup plus de chances de s'enrichir que de s'appauvrir. Mais nous n'avons même pas besoin de recourir à des considérations de ce genre. Il est évident, dans notre cas, que l'exactitude de la division n'a pu être troublée que par des interpolations dans les adhyāyas les plus longs, et non par des pertes, j'entends par des pertes sensibles dans les plus courts[1]. En effet, les plus longs seuls s'écartent notablement de la moyenne. Au contraire, comme nous l'avons dit déjà, aucun adhyāya n'est au-dessous de 61 d'un chiffre supérieur à la moitié du plus long des deux hymnes qui le limitent extérieurement.

L'écart est énorme dans quelques-uns des plus longs, d'abord dans celui qui renferme l'interpolation, reconnue à l'avance, des Vālakhilya, VI, 4, puis dans le précédent, qui a de 78 à 84 praçnas, et dans d'autres encore. Là du moins, le fait de l'interpolation n'est-il pas flagrant? Et plus généralement, en présence de l'exactitude presque rigoureuse de l'ashṭaka VII, dans son ensemble comme dans le détail de ses adhyāyas, en présence de celle qu'on remarque encore dans les adhyāyas des 7 autres ashṭakas, à un petit nombre d'exceptions près, est-il trop hardi d'appliquer à ces exceptions une critique appuyée d'ailleurs encore sur d'autres moyens d'information?

Parmi ces moyens, les plus sûrs et les plus précieux sont ceux que nous offrent les principes du classement primitif. Mais nous pourrons peut-être en trouver d'autres dans la division en anuvākas. Il

[1] La perte de 4 vers, que j'ai signalée dans l'hymne X, 109, reste jusqu'à présent un fait isolé. Voir plus haut, p. 11 et note 2.

convient donc d'étudier immédiatement cette division.

§ 3. Le dividende de la division en anuvākas et les interpolations postérieures à cette division.

J'ai déjà indiqué sommairement[1] l'esprit de la division en anuvākas. Mais il convient de préciser ces premières remarques, et tout d'abord de rechercher quel a été le dividende, là où il y a eu réellement division. Sur cette question encore, nous interrogerons d'abord le maṇḍala IX.

Il a 7 anuvākas dont les trois premiers comprennent juste la collection entière des gāyatrīs, et se terminent, le premier après la longue série des hymnes de 7 vers devant la série également très longue des hymnes de 6 vers, le second avec la longue série des hymnes de 4 vers devant les grands sūktas formés de tṛicas agglutinés, le troisième avec la collection elle-même. Il est probable que ces coïncidences ne sont pas toutes fortuites. Le principe de la division devra donc être cherché plutôt dans la seconde partie du maṇḍala, la fin des anuvākas 4, 5 et 6 coupant la collection des jagatīs, celle des trishṭubhs, et même la courte collection des ushṇihs. C'est apparemment là que les anuvākas ont dû être formés par une division exacte.

Or le compte des praçnas donnerait pour les 7 anuvākas les chiffres de 59, 58, 69, 57, 62, 47,

[1] P. 24.

34 ou 36. Il est convenu que nous n'insisterons pas sur les trois premiers, mais seulement sur les quatre derniers, dont l'un serait presque double d'un autre. La moyenne des quatre est 50. En terminant le quatrième, le cinquième et le sixième avec les hymnes 83, 91, 97, par exemple, on aurait eu les chiffres beaucoup plus exacts : 49, 49, 50, 52 ou 54. Conclurons-nous à des interpolations postérieures à la division? Mais le seul anuvāka où les principes du classement primitif en révèlent d'importantes est le septième, qui est justement le plus court. Le calcul des praçnas ne paraît donc pas propre à rendre compte de la proportion des anuvākas.

Il en est autrement de celui des vers qui donne pour les 4 derniers anuvākas les chiffres 128, 129, 117 et 124, moyenne 124. Ces chiffres sont à peu près aussi égaux que possible, le second des 4 finissant par un hymne de 24 vers qu'on n'aurait pu attribuer au suivant sans élever la moyenne des 2 derniers à 132, en abaissant celle des 2 premiers à 116, au lieu de 120 et 128. D'autre part, le dernier est juste égal à la moyenne 124. Le groupe des 3 premiers anuvākas, avec 204, 194 et 212 vers, s'oppose nettement à celui-là, et trahit un premier partage du maṇḍala en deux sections dont la première finit avec les gāyatrīs, suivi d'une division de la première section en 3 anuvākas, et de la seconde en 4.

Tout autre compte donnerait des résultats moins

satisfaisants. Il ne peut être question de celui des sūktas. Celui des syllabes ne nous dispenserait pas du premier sectionnement, et ferait ressortir entre les 4 derniers anuvākas une inégalité absolument inexplicable : 4,928, 4,660, 5,100; 6,108, 5,868, *4,376* et *4,031*. Celui des pādas, peu vraisemblable par lui-même, donnerait des résultats à peu près équivalents à celui des vers, moins bons cependant pour les 2 derniers anuvākas : 616, 582, 637; 512, 516, *452, 430*. Même observation sur celui des vargas, le dernier du reste auquel on doive songer, puisque les vargas n'ont jamais été rattachés aux anuvākas : 38, 36, 42; 26, 25, 24, 22. Il semble donc bien que le dividende de la division en anuvākas, là où il y a eu division exacte, a été le nombre des vers, et que le maṇḍala IX n'a reçu aucune interpolation postérieure à cette division.

Le maṇḍala VIII paraît avoir été partagé aussi d'abord en deux sections qui ont été divisées à leur tour, la première en 6, la seconde en 4 anuvākas. C'est après le sixième anuvāka qu'on trouve l'interpolation des hymnes Vālakhilya. Elle est postérieure à la division en anuvākas comme à la division en adhyāyas : c'est ce qui résulte, non seulement du fait qu'elle ne figure pas dans l'Anuvākānukramaṇī, mais encore de ce que l'anuvāka précédent et le suivant ont l'un et l'autre à peu près la longueur voulue. On a, en effet, pour les 10 anuvākas les chiffres suivants : 160, 177, 173, 186, 171, 171, 159, 149, 149, 141. La brièveté des 4 derniers anuvākas par opposition aux 6 premiers saute aux yeux; ici comme dans le maṇḍala IX, et nous chercherons plus loin[1] à quelle division rationnelle répond ce premier partage. Mais le sixième et le septième sont l'un et l'autre très voisins de la moyenne de leurs sections respectives.

La moyenne des 4 derniers est 149 ou 150. Le septième n'est en tout cas pas trop court, et il n'est peut-être pas non plus trop long, puisqu'il finit par un hymne de 18 vers, et que les deux suivants sont aussi près que possible de la moyenne. Il correspond d'ailleurs en partie à l'adhyāya VI, 4, qui, même après retranchement des Vālakhilya (24 praçnas), a encore 64 praçnas, 3 de plus que la moyenne, et pourrait par conséquent, comme l'anuvāka luimême, contenir une autre interpolation, postérieure aux deux divisions. Nous reviendrons sur ce point[2].

Pour les 6 premiers anuvākas, qui coupent même les courtes collections de cette partie de la Saṃhitā (19-22, 27-31), et dont la formation ne peut donc reposer que sur une division égale, la moyenne s'élève à 173. Le chiffre du troisième est juste égal à cette moyenne; ceux du deuxième, du cinquième et du sixième en sont aussi voisins que possible, et celui du premier ne pouvait être plus fort, car il se termine devant un sūkta de 48 vers.

Un seul anuvāka, le quatrième, avec ses 186 vers, serait trop long; car, bien qu'il finisse au milieu d'une

[1] Voir ci-dessous, p. 76 et 93.
[2] P. 78.

collection, il dépasse la moyenne, même actuelle, d'une quantité à peu près égale à celle de ses 2 derniers hymnes, qui n'ont ensemble que 14 vers. Mais ces 2 hymnes sont extrêmement suspects, ainsi que le précédent, de 5 vers[1]. Si on les retranche tous les 3, l'anuvāka sera réduit à 167 vers; la moyenne à 170, et tout sera dans l'ordre. Les 19 vers des 3 hymnes (dont 10 dvipadās), forment seulement 3 ou 4 praçnas qui peuvent être retranchés également sans difficulté de l'adhyāya correspondant VI, 2, lequel a 63 ou 64 praçnas.

D'autre part l'adhyāya suivant, VI, 3, précédant immédiatement celui qui contient les Vālakhilya, a 78 ou 84 praçnas, 17 ou 23 de plus que la moyenne. Il trahit donc des interpolations *énormes*, postérieures à la division. Or les anuvākas correspondants, le cinquième et le sixième, ne trahissent *aucune* interpolation. Il paraît évident d'après cela que la division en adhyāyas est, comme nous l'avions supposé, antérieure à la division en anuvākas, et que les interpolations en question datent de la période intermédiaire.

Le fait a assez d'importance pour qu'il convienne d'insister en essayant de nouveau les autres dividendes. Supposons, contre les conclusions d'une première expérience, que le dividende de la division en anuvākas eût été, comme pour celle en adhyāyas, le nombre des praçnas. Les 10 anuvākas du maṇḍala VIII ont 53, 57, 56, 58 ou 59, 49

[1] Voir *La Saṃhitā primitive*, p. 52, et ci-dessous, p. 86.

ou 55, 58, 52, 45, 44, 48 ou 49 praçnas. La moyenne resterait, comme on voit, sensiblement plus forte pour les 6 premiers anuvākas que pour les 4 derniers, et on serait toujours ramené à l'hypothèse d'un premier partage en deux sections. La moyenne de la première, 55 ou 56, serait à peine atteinte par l'anuvāka 5, et dépassée de 3 au plus par l'anuvāka 6. On voit que la conclusion serait la même.

Le compte des syllabes eût donné : 4,896, 4,849, 5,068, 5,568, 6,208, 5,105, 4,956, 3,956; 4,112, 4,856. La moyenne resterait toujours notablement plus forte pour les 6 premiers anuvākas : 5,282 en regard de 4,470. Les anuvākas 5 et 6 réunis dépasseraient le double de cette moyenne d'environ 750 syllabes, et le double de la moyenne des 4 premiers de 1,100. Mais les sūktas 32-34, sur lesquels, comme nous le verrons, paraît porter l'interpolation révélée par le compte des praçnas de l'adhyāya VI, 3, ont plus de 1,900 syllabes. Nous serions toujours ramenés à l'antériorité des adhyāyas, et une partie au moins de l'interpolation devrait être antérieure à la division en anuvākas. D'ailleurs l'extrême inégalité des chiffres pour les derniers anuvākas prouve ici comme dans le maṇḍala IX que le dividende n'est pas le nombre des syllabes. Si l'anuvāka 5 en contient beaucoup plus que les autres, c'est qu'il est composé en partie de mètres plus longs, particulièrement de mahāpaṅktis, de çakvarīs, etc.

Ces mètres de 6 et 7 pādas, sans parler de ceux de 4, sont pareillement la cause qui grossit le chiffre de l'anuvāka 5 dans le compte des pādas : 560, 576, 552, 596, *729*, 602, 576, 478, 487, 516.

Le compte des vargas écarterait, comme celui des vers, toute idée d'une interpolation *quelconque* correspondant aux énormes interpolations de l'adhyāya VI, 3 : 32, 34, 34, 37, *31*, 34, 30, 29, 29, 26.

Donc, en tout état de cause, l'antériorité des adhyāyas paraît prouvée. Le maṇḍala X va d'ailleurs nous donner l'occasion de justifier une fois de plus le choix que nous avons fait du nombre des vers pour dividende.

Il a 12 anuvākas : 148, 146, 145, 168, 126, 135, 148, 137, 142, 146[1], 144, 169 vers; moyenne, 146. Le cinquième et le sixième sont remarquablement courts. C'est qu'on n'a pas fait la division d'un bout à l'autre du maṇḍala, mais qu'on l'a partagé d'abord en trois sections comprenant, la première, les collections de plus de 2 hymnes, la seconde, les collections de 2 hymnes, la troisième, les hymnes isolés.

On a formé sur la seconde 2 anuvākas, le cinquième et le sixième, aussi égaux que possible; car l'attribution de l'hymne 69, de 12 vers, au premier, aurait donné une approximation moindre : 138, 123.

[1] Ou 145, en retranchant le vers 10 de l'hymne 121, qui n'a pas de pada-pāṭha. Voir plus haut, p. 26, note 1, et sur l'hymne 190, plus bas, p. 63; sur VII, 59, 12, p. 73, note 1.

Avant cette série, la moyenne monte à 152; mais elle est toujours considérablement dépassée par l'anuvāka 4, bien que son dernier hymne n'ait que 12 vers, et le premier 11, et qu'il commence au milieu d'une collection, celle de Kṛishṇa Āṅgirasa, 42-44. Dans la série finale, la moyenne ne monte qu'à 148, et elle est dépassée d'un chiffre encore plus considérable par le dernier anuvāka, bien qu'il commence au milieu d'une série numérique, non par un, mais par plusieurs hymnes de 5 vers seulement chacun. Il paraît résulter de là que les anuvākas 4 et 12 renferment des interpolations postérieures à la division en anuvākas. Si ces interpolations comprennent pour le dernier deux douzaines de vers, comme on peut le supposer, la moyenne des 6 derniers tombera à 144, et la brièveté du huitième n'aura plus rien que de parfaitement régulier, devant un hymne de 12 vers, et après un hymne de 16.

Or précisément, les adhyāyas correspondants, VIII, 1 et 8, dépassent la moyenne, le premier d'un chiffre déjà notable, 4 praçnas, le second d'une quantité tout à fait considérable, 8 ou 9 praçnas, pouvant renfermer, dans cette partie de la Saṃhitā, 24 vers et plus.

Pour déterminer les interpolations dans le douzième anuvāka, on n'aura que l'embarras du choix entre les nombreux hymnes qui, outre les deux derniers, violent le principe numérique et le principe métrique de classement.

Le quatrième se termine par la collection des Gaupāyanas, de 4 hymnes, succédant à une série régulière de collections de 3 hymnes. Le retranchement d'un de ces hymnes, par exemple du dernier, 60, de 12 vers et 3 praçnas, réduirait l'adhyāya VIII, 1, à 62 praçnas, chiffre supérieur à la moyenne d'une unité seulement, et l'anuvāka X, 4, à 156 vers, ce qui établirait la plus grande égalité possible entre les 4 premiers anuvākas. En effet, le premier et le second, terminés devant des hymnes de 14 et 15 vers, ne pouvaient être différents de ce qu'ils sont, et l'attribution au troisième du premier hymne du quatrième, 43, de 11 vers, eût donné exactement la même approximation : 156, 145. Du même coup, la collection des Gaupāyanas, réduite à 3 hymnes, se trouverait régulièrement placée à la fin des collections semblables, son premier hymne n'ayant que 6 vers[1]. Voilà bien des raisons d'admettre qu'un hymne de 12 vers de la collection des Gaupāyanas, vraisemblablement le dernier, a été interpolé postérieurement aux deux divisions. Le fait que les 4 hymnes sont cités ensemble dans toutes les formes de la légende des Gaupāyanas qui nous ont été conservées[2], pourrait, il est vrai, sembler une forte objection contre cette hypothèse. Mais précisément, dans toutes ces formes, à l'exception du récit de la Sarvānukra-

[1] L'ordre intérieur aurait été donné par la légende, comme pour 51-53. Voir plus haut, p. 8 et note 2.

[2] Voir Max Müller, dans le *Journal of the Royal Asiatic Society*, nouvelle série, II, p. 441 et suiv.

maṇī, qui, de sa nature, est lié à la forme actuelle de la collection, le quatrième hymne est cité par morceaux au milieu desquels s'intercale l'hymne 24 du maṇḍala V, attribué pareillement aux Gaupāyanas. N'est-ce pas une nouvelle raison de croire que la collection, si elle figurait dès lors dans le maṇḍala X, n'y figurait pas exactement sous sa forme actuelle? C'est ainsi que nous avons vu[1] la légende de Çunaḥçepa, dans l'Aitareya Brāhmaṇa, ajouter à la collection du maṇḍala I, avec des fragments pris dans d'autres maṇḍalas, un sūkta entier, I, 28, actuellement le cinquième de la collection, qui paraît n'y avoir pas figuré alors à cette place, et qui, probablement, n'avait pas encore été inséré dans le Ṛig-Veda.

Le compte des praçnas eût donné pour les 12 anuvākas les chiffres 65, 57 ou 58, 64, 68, 59, 61, 57, 60 ou 61, 61, 58, 51 ou 53, 52 ou 53. La brièveté des deux derniers serait tout à fait inexplicable. Au contraire, le compte des vargas donnerait une longueur démesurée au dernier anuvāka, mais en réduisant l'anuvāka 11 à une brièveté aussi inexplicable que celle des deux derniers dans le compte précédent : 27, 29, 30, 31, 23, 25, 28, 27, 25, *30, 23, 40*.

Le compte des pādas et celui des syllabes demandent un examen un peu plus attentif. Le dernier donnerait les chiffres suivants : 6,288, 5,783,

[1] P. 9.

6,552, 7,140, 5,720, 5,952, 5,800, 5,868, 6,036, 5,892, 5688, 5,658. La longueur de l'anuvāka 4 resterait excessive; les 3 précédents seraient beaucoup plus inégaux entre eux; mais surtout la brièveté des deux derniers serait peu explicable, dans une partie de la Saṃhitā composée d'hymnes très courts et qui se prêtaient à une division exacte : la moyenne des quatre précédents est, en effet, de 5,899. La difficulté porte sur une différence relativement faible. Mais il faut nous rappeler que cette épreuve avait été précédée d'une autre, qui aurait suffi à elle seule, sur les deux derniers anuvākas du maṇḍala IX, sans parler des bonds étranges du chiffre des syllabes dans le maṇḍala VIII. Le compte des pādas donnerait une longueur exagérée pour le quatrième et le douzième, comme celui des vers, et de plus pour le septième et le onzième : 585, 571, 574, 667, 503, 540, 615, 549, 556, 557, 603, 620. D'ailleurs l'usage de ce dividende est, comme je l'ai fait remarquer déjà, peu vraisemblable en lui-même, et il faudrait pour l'adopter des indications décisives que nous ne trouvons ni ici ni ailleurs.

Bref, il paraît de plus en plus impossible de trouver, pour expliquer la division en anuvākas, un dividende plus vraisemblable que le nombre des vers.

Dans le maṇḍala I, nous n'aurons pas à nous occuper des anuvākas qui comprennent à eux seuls une collection, mais seulement des collections divisées en 2 anuvākas, savoir la deuxième et les 6 dernières, et de la première, divisée en 3 anuvākas.

Madhuchandas : 3 anuvākas : 30, 40 et 40 vers. On n'aurait pu attribuer l'hymne 4 au premier, sans l'élever lui-même à 40 vers. D'ailleurs ce premier anuvāka semble coïncider avec une série, peut-être avec une collection primitivement distincte [1]. On aurait peine à comprendre autrement que la collection de Madhuchandas, qui est loin d'être une des plus longues, eût eu le plus grand nombre d'anuvākas.

Medhātithi : 2 anuvākas : 66 et 77. L'attribution de l'hymne 18 au premier eût donné une approximation plus exacte : 75, 68. Cet hymne ne faisant d'ailleurs pas partie d'une série, on peut croire que le second des deux anuvākas, cinquième du maṇḍala, contient une interpolation postérieure à la division. Précisément l'adhyāya correspondant, I, 2, est trop fort, et les principes du classement primitif révèlent une interpolation, 23, 19-24, comprise à la fois dans l'un et dans l'autre, et placée juste à la fin de l'anuvāka : elle est probablement postérieure à l'une et à l'autre division.

Gotama : 98 et 106. Fin de série. D'ailleurs l'attribution de l'hymne 85 au premier eût donné une approximation moindre : 110, 94.

Kutsa : 125 et 107. Milieu de série. Mais l'attribution de 105 au second eût donné une approximation moindre : 106, 126.

Kakshīvat : 83 et 70. Fin de série. Autrement l'attribution

[1] Voir *La Saṃhitā primitive*, p. 65. Les agglutinations de tṛcas qui composent les sūktas 2 et 3 ont un caractère liturgique. Elles forment, en effet, le *praüga çastra*. Voir *Ait. Br.*, III, 1. Même observation pour la succession des sūktas 4-9, réunis également dans le kāṇḍa XX de l'Atharva-Veda, où ils sont d'ailleurs coupés autrement, 68-71 : voir *Vaitāna Sūtra*, 33, 15 et *Āçvalāyana-Çrauta-Sūtra*, VII, 5, 15.

de 120 au second eût donné une approximation plus exacte : 71 et 82.

Parucchepa : 60, 40. Le dernier hymne du 1er, 133, n'a que 7 vers. Mais c'est le seul hymne suspect, et le retranchement serait insuffisant, 53 dépassant toujours la moyenne nouvelle 46 de 7 vers, alors que 132 n'en a que 6. En revanche la fin de l'anuvāka coïncide avec celle de la série à Indra. Donc rien à conclure.

Dīrghatamas : 119 et 123. Fin de série. D'ailleurs l'attribution de l'hymne 157 au premier aurait donné une approximation moindre : 125 et 117.

Agastya : 124 et 115. L'attribution de l'hymne 179 au second aurait donné une approximation plus exacte : 118, 121. Or cet hymne est interpolé. L'a-t-il été postérieurement à la division? L'adhyāya correspondant, II, 4, peut très bien supporter la perte de ses 2 ou 3 praçnas, puisqu'il en a 63 ou 64. Quand même on aurait tenu compte surtout de la composition des séries, l'hymne I, 179, en suspens entre la fin de la série à Indra et le commencement de la série aux Açvins, n'appartenait pas plus à l'une qu'à l'autre. Il est donc probable que l'interpolation est postérieure à l'une et à l'autre division. Elle se rencontre encore à la fin d'un anuvāka.

Passons maintenant aux maṇḍalas II-VII.

Maṇḍala II. 4 anuvākas, dont le second et le troisième finissent avec des séries. Division d'ailleurs parfaitement égale : 110, 105, 105 et 109 vers.

Maṇḍala III. 5 anuvākas : 140, 118, 128, 123 et 108 vers. La fin du second coïncide avec celle de la série à Agni, et le premier finit avec la série d'hymnes de 9 vers devant la série d'hymnes de 7 vers. Donc rien à conclure, par exemple, en faveur d'une interpolation postérieure à la division en anuvākas de l'hymne 12, à Indra et Agni [1], dont le retranchement serait d'ailleurs insuffisant pour rétablir l'approximation la plus exacte. Je trouve même aujourd'hui possible à la rigueur que cet hymne ait fait partie du classement primitif, le maṇḍala ne renfermant aucun autre hymne à Indra et Agni. Même observation au sujet de l'idée, que j'avais pareillement émise [2], d'une interpolation de l'hymne 38 *à la fin du troisième anuvāka*. Après la série à Agni, les 3 anuvākas restants sont aussi égaux que possible. Leur moyenne, en effet, étant 120, on n'aurait pu attribuer au dernier le dernier hymne du précédent, 53, qui a 24 vers, qu'en l'élevant au chiffre 132, avec un écart de cette moyenne précisément égal à son écart actuel au-dessous.

Maṇḍala IV. 5 anuvākas : 132, 120, 126, 111, 100; moyenne, 118. Les deux derniers sont tous les deux inférieurs à la moyenne, le dernier d'un chiffre supérieur à celui des deux derniers hymnes du précédent, qui n'ont ensemble que 14 vers. Mais, en compensation de cette division inexacte, le quatrième finit avec une série de 3 hymnes aux Açvins, devant une autre série de 3 hymnes à Indra et Vāyu, et le troisième finit avec la longue série à Indra devant une longue série aux Ṛibhus. La question d'égalité rigoureuse ne se pose donc que pour les trois premiers, le premier finissant au milieu de la série à Agni et le second au milieu de la série à Indra. La moyenne des 3 est 126, juste le chiffre du troisième. L'attribution de l'hymne 10, de 8 vers, au second, eût donné une approximation plus exacte, 124 et 128. Mais l'anuvāka 1er, tel qu'il est, finit avec la série des hymnes de 8 vers, devant ceux de 6 vers. Rien ne prouve donc décidément que l'hymne 10 ait été interpolé après la division en anuvākas [3].

Maṇḍala V. 6 anuvākas : 123, 130, 127, 123, 110 et

[1] Voir *La Saṃhitā primitive*, p. 14, note 1.
[2] *Ibid.*
[3] *Ibid.*

114 vers; moyenne, 121. La fin du cinquième anuvāka coïncide avec celle de la longue série à Mitra et Varuṇa, ce qui justifie au moins la brièveté du sixième. La moyenne des cinq premiers est 123. Le second dépasse cette moyenne de 7 vers, tandis qu'il n'eût été au-dessous que de 5, si son dernier hymne, 32, de 12 vers, placé au milieu d'une série, eût été attribué à l'anuvāka suivant. Il faudra donc peut-être en retrancher l'une des deux interpolations révélées par les principes de classement, c'est-à-dire l'un des hymnes 27, 28, de 6 vers et 2 praçnas chacun. L'adhyāya correspondant, IV, 1, peut perdre juste 2 praçnas. La moyenne des 5 premiers anuvākas retomberait à 121, et les deux premiers en seraient aussi voisins que possible. Reste à rendre compte de la proportion des anuvākas 3-5. L'anuvāka 3 ne pouvait être diminué sans tomber, par l'attribution de l'hymne 44 au quatrième, à 112 vers, c'est-à-dire presque aussi bas que le chiffre réel du cinquième. On a préféré peut-être laisser le cinquième aussi égal que possible au sixième, et les quatre premiers aussi voisins que possible les uns des autres. Le maṇḍala VII donnera lieu à une observation semblable. Il semble donc prudent de s'abstenir ici de tout retranchement. En tout cas celui de l'hymne 44, qui a été suspecté [1] pour des raisons intrinsèques, ne nous avancerait en rien. L'anuvāka 3 tomberait à 112, la moyenne des 5 à 118, et il deviendrait plus difficile encore d'en justifier la proportion. Rien n'infirme donc le témoignage de l'adhyāya correspondant, IV, 2, qui, n'ayant que 61 praçnas, juste la moyenne, ne peut en perdre 7.

Maṇḍala VI. 6 anuvākas : 125, 137, 117, 139, 129 et 118 vers; moyenne, 127. Le cinquième est aussi près que possible de la moyenne, ainsi que le premier; et le dernier n'aurait pu être allongé aux dépens du précédent qu'en s'élevant à 132. Il n'y a donc de difficulté que pour les anuvākas 2, 3, et 4; mais ici la difficulté est vraiment grande, le deuxième

[1] Voir *La Saṃhitā primitive*, p. 14, note 1.

et le troisième finissant à l'intérieur de la série à Indra. Toutefois la brièveté du troisième serait suffisamment expliquée si le deuxième était, comme le premier, très près de la moyenne, en d'autres termes, si le troisième ne pouvait commencer que par l'hymne 24; en effet, il n'aurait pu alors contenir un hymne de plus, l'hymne 44, de 24 vers, qu'en s'élevant au chiffre de 141. Mais les anuvākas 2 et 4 sont visiblement trop longs. On n'aura d'ailleurs que l'embarras du choix pour déterminer, parmi les fragments de sūktas interpolés, 44, 7-24; 45, 31-33, sans parler du sūkta 47 tout entier, ceux dont l'interpolation doit être postérieure à la division. L'adhyāya correspondant, IV, 7, n'opposera pas de résistance : il a 68 ou 69 praçnas. Reste le deuxième anuvāka qui a 137 vers, quoique terminé, *au milieu de la série à Indra,* par un hymne de 10 vers, *qui n'est même pas le dernier de sa série numérique.* Pourquoi donc cet hymne n'a-t-il pas été attribué à l'anuvāka suivant, l'élevant à 127 vers, tandis que le second aurait été abaissé au même chiffre, c'est-à-dire juste à la moyenne? Les principes du classement primitif ne révèlent, il est vrai, dans l'anuvāka 2 d'autre interpolation que celle du dernier trica du sūkta 16, dont le retranchement semblerait insuffisant. Peut-être faudra-t-il y joindre les 2 tricas précédents. L'adhyāya correspondant, IV, 5, a 66 praçnas, et le retranchement de 3 praçnas le laisserait encore de deux unités au-dessus de la moyenne.

Maṇḍala VII. 6 anuvākas : 145, 161, 146, 144[1], 119 et 126 vers; moyenne, 140. Le premier finit avec la série à Agni, le troisième avec la série aux Viçve devās, le cinquième avec la série à Varuṇa. Le dernier hymne du deuxième est l'hymne sur les Vasishṭhas, 33, de 14 vers, interpolé entre la fin de la série à Indra et le commencement de la série aux Viçve devās. En l'attribuant au troisième, on aurait eu une approximation plus exacte d'une unité : 147, 160.

[1] Ou 143, après retranchement de 59, 12 qui n'a pas de padapāṭha. Cf. ci-dessus, p. 26, note 1.

Il est donc au moins permis de croire que l'interpolation est, comme je l'avais supposé déjà[1], postérieure à la division en anuvākas. Le cas est tout à fait analogue à celui de l'hymne I, 179 (collection d'Agastya). Les 7 praçnas d l'hymne VII, 33 peuvent d'ailleurs être retranchés de l'adhyāya V, 3, le réduisant à 59 praçnas, comme l'anuvāka à 147 vers. Le quatrième anuvāka seul finit au milieu d'une série, la série aux Açvins. C'est qu'on n'aurait pu le terminer avant, qu'en le réduisant à 110 vers, ou après, qu'en l'élevant à 166, ce qui, de plus, aurait réduit encore l'étendue des deux derniers. A la vérité, l'espace alloué aux anuvākas 4 et 5 aurait pu être divisé plus également; mais le partage adopté rapproche autant que possible le quatrième des précédents (y compris le second, si on retranche l'hymne 33), en même temps qu'il laisse le cinquième très voisin du sixième et dernier. On se rappelle que le maṇḍala V avait donné lieu déjà à une observation analogue.

En somme, l'examen du maṇḍala I et des maṇḍalas II-VII n'a fait que confirmer l'idée que le principe de la division en anuvākas est l'égalité de ces chapitres; que toutefois l'égalité est sacrifiée à l'avantage de les faire coïncider avec les séries primitives, quand cet avantage peut être atteint sans produire une inégalité trop choquante; enfin que le dividende, là où le partage est aussi égal que possible, c'est-à-dire dans tous les cas autres que le précédent, est le nombre des vers. Six fois seulement, dans l'ensemble de ces 7 maṇḍalas, comprenant 56 anuvākas, nous avons relevé des chiffres qui nous ont paru inexplicables autrement que par l'hypothèse

[1] Voir *La Saṃhitā primitive*, p. 14, note 1.

d'interpolations postérieures à la division, à savoir ceux des anuvākas I, 5 et 23; V, 2; VI, 2 et 4; VII, 2. Nous avions déjà trouvé des indications semblables dans deux anuvākas du maṇḍala X, le quatrième et le douzième, et dans un anuvāka du maṇḍala VIII, le quatrième, sans compter l'interpolation des hymnes Vālakhilya entre le sixième et le septième. C'est un total de neuf anuvākas, dont cinq ou six: I, 5, 23; VII, 2; VIII, 4; X, 4 et probablement 12, paraissent avoir reçu leurs interpolations, en tout ou en partie, juste à la fin du chapitre[1]. Toutes ces indications ont concordé avec celles qui nous sont fournies par le compte des adhyāyas, et révèlent par conséquent des interpolations postérieures à l'une et à l'autre division. Elles n'infirment donc en rien, et confirment plutôt d'une

[1] Je n'ai relevé que les anuvākas qui *doivent* avoir reçu des interpolations postérieures à la division. Bien d'autres encore *peuvent* en avoir reçu. On vérifiera aisément que le retranchement de presque toutes les *fins* d'anuvākas signalées dans mon premier mémoire, p. 14 et note 1 serait *possible*, tant d'après le compte des anuvākas que d'après celui des adhyāyas. L'hymne V, 44 fait exception (voir ci-dessus, p. 62), et sur ce dernier point, je ferai un aveu : il ne me déplaît pas que la critique qui se fonde sur des raisons purement intrinsèques soit prise en défaut. Ajoutons que, d'après des calculs qu'il est inutile de donner ici en détail, tous les retranchements nécessaires ou possibles sur les adhyāyas pourraient être opérés également sur les anuvākas, excepté bien entendu sur l'anuvāka 5 du maṇḍala VIII, excepté aussi sur les anuvākas VIII, 4 et 7 (*note additionnelle* II, p. 95). Il ne suit pas de là que ces dernières interpolations soient les seules à placer entre la division en adhyāyas et la division en anuvākas. Celle-ci nous a paru soumise à des conditions d'égalité trop peu rigoureuses dans un grand nombre de cas pour autoriser une telle conclusion.

façon générale les conclusions que nous avons tirées des anuvākas 5 et 6 du maṇḍala VIII, comparés à l'adhyāya 3 de l'ashṭaka VI, sur l'antériorité de la division en adhyāyas[1].

§ 4. Les interpolations postérieures à la division en adhyāyas.

Nous passerons successivement en revue les huit ashṭakas.

Ashṭaka I.

Le total actuel des praçnas est 500 ou 507. Si l'on considère les adhyāyas isolément, deux seulement, le deuxième et le septième, dépassent la moyenne d'une quantité inacceptable.

Le deuxième renferme d'ailleurs diverses interpolations déjà révélées par les principes de classement : I, 23, 19-24, 2 praçnas, 28 entier, 2 praçnas, 26, 10; 27, 13; 30, 16, vers isolés, qui n'augmentent pas le nombre des praçnas; total : 4 praçnas. Le retranchement de ces 4 praçnas lui en laisserait encore 61. Cependant, il suffirait à la rigueur de lui en retrancher 1 pour l'abaisser à un chiffre acceptable, 64. En tout cas, le retranchement devra comprendre au moins l'un des 2 praçnas qui terminent l'hymme I, 23, seule interpolation commune à notre adhyāya et à l'anuvāka I, 5, qui est pareillement trop fort, — probablement tous les deux. D'autre part, on a vu plus haut[2] que l'hymne I, 28, ne faisait vraisembla-

[1] Cf. en outre les anuvākas VIII, 4 et 7, *note additionnelle* II, p. 95.
[2] P. 9.

blement pas partie de la collection de Çunaḥçepa à l'époque où a été rédigée la légende de l'Aitareya-Brāhmaṇa. Il y a donc bien des chances pour que l'interpolation postérieure à la division en adhyāyas comprenne aussi cet hymne, en tout 4 praçnas.

Dans le septième adhyāya, le seul hymne qui viole les principes de classement est I, 104, dont les 4 praçnas, retranchés de l'adhyāya, lui en laisseront encore 63, chiffre d'ailleurs très acceptable.

Le retranchement total de 8 praçnas, si l'on prend pour le cinquième et le sixième les chiffres les plus bas, 57 et 64, laisserait encore à l'ashṭaka 492 praçnas, chiffre un peu élevé, son dernier hymne n'ayant que 7 praçnas, mais pourtant bien voisin de la moyenne présumée 488.

Ashṭaka II.

Total actuel : 504 ou 505. Tous les adhyāyas sont très voisins de la moyenne, à l'exception du sixième qui la dépasse d'un chiffre considérable et inadmissible. Les principes numériques de classement n'y révéleraient aucune interpolation. Mais les hymnes II, 9 et 10, de 3 praçnas chacun, violent le principe d'ordre métrique que j'ai cherché à établir dans mon premier mémoire. Ce principe reçoit ici une importante confirmation. Le retranchement des 6 praçnas réduit l'adhyāya à 64, chiffre acceptable. Mais l'ashṭaka aurait encore 498 praçnas au moins, chiffre trop élevé, puisqu'il commence par un hymne de 7 praçnas seulement et finit par un hymne de 5. Nous avons d'ailleurs à réduire encore l'adhyāya II, 4, de 63 ou 64 praçnas, à 61, par le retranchement de l'hymne I, 179, dont l'interpolation tardive nous a paru indiquée par le compte des anuvākas.

Ashṭaka III.

Total actuel : 495. Aucun adhyāya ne dépasse la moyenne d'une quantité inacceptable : mais le total semble toujours trop fort; on n'aura d'ailleurs que l'embarras du choix entre les interpolations que les principes de classement révèlent dans six de ses adhyāyas, sur huit.

Ashṭaka IV.

Ici encore, aucun adhyāya, considéré isolément, ne dépasse la moyenne d'un chiffre inadmissible. C'est le total de l'ashṭaka qui est beaucoup trop élevé : 505 ou 508.

Le compte des anuvākas a paru nous révéler, dans le deuxième du maṇḍala V, dans le deuxième et dans le quatrième du maṇḍala VI, des interpolations dont l'une, celle de VI, 2, ne peut guère être cherchée qu'à la fin du sūkta 16, compris dans l'adhyāya 5 de l'ashṭaka IV. En fait, cet adhyāya, avec ses 66 praçnas, dépasse la moyenne d'une quantité au moins inusitée. Si l'on en retranche, comme nous l'avons proposé déjà[1], 3 praçnas, il tombe à 63, chiffre plus vraisemblable. Nous avons

[1] P. 63.

vu aussi que l'anuvāka V, 2, suggère le retranchement, soit de l'hymne 27, soit de l'hymne 28, en tout cas de 2 praçnas appartenant actuellement à l'adhyāya IV, 1, qui tombera ainsi à 59 praçnas. Enfin le retranchement que doit subir l'anuvāka VI, 4, portera sur l'adhyāya 7, qui, avec ses 68 ou 69 praçnas, dépasse la moyenne d'un chiffre considérable. A la vérité, les principes numériques de classement n'y révèlent d'autre interpolation que celle du dernier sūkta, 47, trop long pour qu'on puisse le retrancher, au moins en entier, car il forme 14 ou 15 praçnas. Mais le principe métrique trahit dans le sūkta 44 une addition de 18 vers, ou 9 praçnas, qui peuvent tous disparaître, en abaissant l'adhyāya à 59 ou 60 et l'ashṭaka à 491 ou 494.

Le plus bas de ces chiffres est encore assez élevé pour qu'un autre retranchement soit possible et même souhaitable. Or l'adhyāya 4 renferme un hymne très suspect, non seulement d'interpolation, mais d'interpolation tardive. C'est le dernier du maṇḍala V, connu sous un nom emprunté à la formule que reproduit chacun de ses vers, *evayāmarut*. Il figure, en effet, avec les Vālakhilya, parmi les hymnes « auxiliaires », *sahacara*, dont parle l'Aitareya-Brâhmaṇa, VI, 30[1]. Le retranchement de ses 4 praçnas en laisserait encore 59, chiffre suffisant, à notre adhyāya 4.

[1] Voir pourtant ci-dessous, p. 72, note 2.

Ashṭaka V.

Cet ashṭaka a actuellement 502 ou 504 praçnas. Deux de ses adhyāyas, le deuxième et le quatrième, dépassent la moyenne d'un chiffre supérieur à la moitié tant de leur premier que de leur dernier hymne. L'adhyāya 2 ne renferme qu'un seul hymne suspect, VII, 17, d'un praçna. Le retranchement de cet hymne ne suffit pas pour le ramener à un chiffre acceptable. Il devra perdre un praçna ou deux de plus. On en trouvera aisément 2 à retrancher dans la dānastuti qui termine l'hymne VII, 18 (vers 22-25) : reste 62.

On n'aura que l'embarras du choix entre les interpolations révélées par les principes de classement à l'intérieur de l'adhyāya 4, qu'on pourra ramener aussi près qu'on voudra de la moyenne.

Enfin nous avons vu que l'hymne VII, 33, de 14 vers et 7 praçnas, devait être retranché de l'anuvāka VII, 2, et par conséquent aussi de l'adhyāya V, 3, qui sera réduit à 59 praçnas.

En retranchant de l'adhyāya 4 un chiffre de 4 praçnas par exemple, on réduirait l'ashṭaka à 490.

Ashṭaka VI.

C'est celui qui a reçu incomparablement les plus fortes interpolations, puisqu'il renferme actuellement 541 ou 549 praçnas, et encore 517 ou 525 après retranchement des Vālakhilya. Malheureusement, c'est aussi celui où les interpolations paraissent le plus difficiles à déterminer, quant à présent du moins, parce qu'il correspond pour la plus grande partie au maṇḍala VIII, celui de toute la Saṃhitā dont le classement est resté jusqu'ici le plus obscur. Nous le réserverons donc pour une étude spéciale que nous tenterons dans le mémoire suivant sur le maṇḍala VIII[1].

Ashṭaka VII.

Aucun adhyāya suspect en lui-même; mais le total de l'ashṭaka, si l'on prend pour l'adhyāya 6 le chiffre le plus faible, 62, et pour l'adhyāya 5 le seul chiffre acceptable, 60, est 493, chiffre un peu élevé. L'adhyāya 8, qui a 64 praçnas, subirait très bien par exemple le retranchement des 3 praçnas de l'hymne X, 33, et même des 2 praçnas de l'hymne X, 38.

Ashṭaka VIII.

Total actuel : 511 ou 516. C'est le plus long, et par conséquent le plus chargé d'interpolations tardives, après l'ashṭaka VI. Trois de ses adhyāyas, le quatrième, le septième et le huitième, dépassent la moyenne d'une quantité inacceptable. Un autre, le premier, la dépasse encore d'une quantité notable, et il correspond à l'anuvāka 4 du maṇḍala X, qui nous a paru trahir une interpolation, nécessairement postérieure aussi à la division en adhyāyas.

[1] Ci-dessous, p. 76 et suivantes. Voir particulièrement p. 86.

Cette dernière, comme on l'a vu[1], porte vraisemblablement sur l'hymne X, 60, le dernier de la collection des Gaupāyanas. Le retranchement de ses 3 praçnas réduirait l'adhyāya à 62[2].

L'adhyāya 4, de 67 ou 68 praçnas, est formé en entier, comme les suivants, sur la grande série d'hymnes isolés qui termine le maṇḍala X, et sur une partie de cette série où les principes de classement ne sont violés qu'une fois : soit par l'hymne 86, de 23 vers, 7 praçnas, soit par l'hymne 87, de 25 vers, 11 praçnas. Le plus suspect des deux paraît être le premier, connu sous le nom d'hymne de *Vṛishākapi*, et compris, avec les Vālakhilya, et l'hymne *evayāmarut*, dont il a été question plus haut[3], parmi les hymnes « auxiliaires », dans le khaṇḍa 30 de la pañcikā VI de l'Aitareya-Brāhmaṇa. C'est aussi le retranchement de cet hymne qui ramènerait l'adhyāya le plus près de la moyenne, à 60 ou 61.

Dans l'adhyāya 7, qui a 65 ou 68 praçnas, les principes de classement révèlent cinq interpolations : X, 120, 121, 124, 128, 142; total, 18 praçnas. Il

[1] P. 56.

[2] On ne peut songer à retrancher le dernier hymne de l'adhyāya, 61, connu sous le nom de son auteur prétendu, *Nābhānedhishṭha*, bien qu'il soit compris, avec les Vālakhilya, *evayāmarut* et *Vṛishākapi*, parmi les hymnes « auxiliaires » dont parle l'Aitareya-Brāhmaṇa, VI, 30. Non seulement, en effet, il paraît inséparable du suivant, 62, avec lequel il commence la série régulière des collections de 2 hymnes; mais il a 13 praçnas, qu'il serait impossible de retrancher de notre adhyāya.

[3] P. 69. Voir néanmoins la note précédente.

ne peut être question de les retrancher toutes. Elles sont donc, en partie antérieures, en partie postérieures à la division en adhyāyas; il serait difficile de distinguer les unes des autres.

Pour l'adhyāya 8 et dernier, de 69 ou 70 praçnas, nous n'avons également que l'embarras du choix. Les hymnes violant l'ordre numérique, 159, 162, 163, 173, 174, 187, 191, en tout 11 praçnas, sembleraient déjà grandement suffisants. Rappelons[1] pourtant que les hymnes 163, 174, 187, 191, devaient n'avoir primitivement, le premier que 5, le second que 4, les deux derniers que 3 vers, et être ainsi régulièrement classés. Les additions qu'ils ont reçues ont augmenté seulement le premier d'un praçna. Les autres hymnes cités n'en ont ensemble que 6, total à retrancher : 7. Mais nous avons encore l'hymne 190, omis par le pada-pāṭha, et surtout la nombreuse série des hymnes qui violent l'ordre métrique[2], y compris 163, 174 et 191 eux-mêmes. On a vu[3] que les interpolations doivent être en partie postérieures même à la division en anuvākas. Il y a bien des chances pour que les deux derniers hymnes, l'avant-dernier omis par le padapāṭha, aient été interpolés postérieurement à l'une et à l'autre division. Pour le reste, trop d'hypothèses sont possibles.

[1] Voir *La Saṃhitā primitive*, p. 4.
[2] *Ibid.*, p. 20 et suiv.
[3] P. 55.

Résumé.

L'ashṭaka VI étant provisoirement laissé de côté, pour les raisons indiquées, récapitulons nos retranchements. Ils ont porté sur 15 adhyāyas, I, 2 et 7; II, 4 et 6; IV, 1, 4, 5 et 7; V, 2, 3 et 4; VIII, 1, 4, 7 et 8. On verra d'ailleurs bientôt que 4 des adhyāyas de l'ashṭaka VI doivent subir également des retranchements. Mais il resterait toujours 45 adhyāyas intacts, sur 64. Il faut cependant supposer encore dans quelques autres une addition, postérieure à la division, d'un très petit nombre de praçnas, dont l'interpolation ne peut être trahie par les chiffres des adhyāyas, mais est suggérée par ceux des ashṭakas.

Nous chercherons tout à l'heure à déterminer les interpolations de l'ashṭaka VI, en même temps qu'à reconnaître l'ordre primitif du maṇḍala VIII. Dans les autres ashṭakas, nous avons eu plus d'une fois l'embarras du choix entre différentes interpolations révélées par les principes de classement déjà établis. Mais plus d'une fois aussi, nous avons pu distinguer avec quelque vraisemblance les interpolations postérieures à la division en adhyāyas : I, 23, 19-24; 28; 104; 179; II, 9 et 10; V, 27 ou 28; 87; VI, 16, 40-48; 44, 7-24; VII, 17; 18, 22-25; 33; X, 60 et 86. La vraisemblance ne sera pas moindre, je crois, dans le maṇḍala VIII, non seulement pour les hymnes 28-30, déjà signalés à propos du compte des anuvākas, mais pour les hymnes

32-34, qui paraissent constituer la grosse interpolation de l'adhyāya VI, 3.

Parmi ces hymnes ou fragments d'hymnes, I, 23, 19-24; 179; V, 27 ou 28; VI, 16, 40-48; 44, 7-24; VII, 33; VIII, 28-30; X, 60, paraissent avoir été interpolés après la division en anuvākas.

J'ai calculé que parmi les adhyāyas qui *doivent* ou *peuvent* supporter des retranchements, il y en a 23 dont on *peut* retrancher toutes les interpolations révélées par les principes de classement : I, 2, 5, 6 et 7; II, 1, 4, 6 et 7; III, 5 et 7; IV, 2, 5 et 8; V, 2, 5 et 6; VI, 3 et 4; VII, 2, 4, et 7; VIII, 1 et 4, — et 28 qui contiennent nécessairement des interpolations antérieures, au moins en partie, à la division en adhyāyas : II, 2, 3, 5 et 8; III, 1, 3 et 8; IV, 1, 3, 4 et 7; V, 1, 3, 4, 7 et 8; VI, 1, 2, 5, 6 et 7; VII, 5, 6 et 8; VIII, 5, 6, 7 et 8.

Enfin, 13 adhyāyas ne renferment aucune interpolation révélée par le classement. 3 d'entre eux, I, 1 et 3; VII, 1, ont 60 praçnas. 2 en ont 61: III, 4, VIII, 3. 4 en ont 62 : IV, 6; VI, 8; VII, 3; VIII, 2. 2 en ont 63 : I, 8; III, 2. 2 en ont 64 : I, 4 et III, 6. Aucun n'est trop fort, les deux derniers cités finissant chacun par un hymne de 8 praçnas. On ne peut guère souhaiter d'argument plus frappant à l'appui de la méthode critique que j'ai tâché d'appliquer.

Deux fois pourtant les interpolations révélées par le classement n'ont pas suffi pour ramener l'anuvāka ou l'adhyāya à un chiffre tout à fait acceptable. Je veux parler de l'adhyāya IV, 5 (anuvāka VI, 2) et de l'adhyāya V, 2. Il s'en fallait d'un ou deux praçnas, et l'interpolation cachée l'était assez mal, au moins dans le second, où nous avons signalé une dānastuti de 2 praçnas.

III.

LE CLASSEMENT DU MAṆḌALA VIII.

Nous savons maintenant que le maṇḍala VIII est celui qui contient, sans compter les Vālakhilya, le plus d'additions postérieures à la division en adhyāyas. Il est possible qu'il en ait reçu aussi comme les autres avant cette division. Il y a donc lieu de nous demander si le désordre qui paraît y régner n'est pas le résultat des interpolations.

Ce désordre, d'ailleurs, est-il aussi grand que nous l'avons cru et dit une première fois? Le compte des anuvākas a paru révéler un premier sectionnement du maṇḍala en deux parties, comprenant, l'une 6 anuvākas égaux, l'autre 4 anuvākas pareillement égaux entre eux mais sensiblement plus courts que les six premiers. Considérons donc séparément les six premiers anuvākas, comprenant les hymnes 1-48, et les quatre autres, succédant aux Vālakhilya, comprenant les hymnes 49[1]-92. Commençons même par les derniers.

Si, au lieu de s'en tenir, pour le groupement des

[1] Je continue, selon une vieille habitude, à compter les hymnes d'après la 1re édition de M. Aufrecht, c'est-à-dire abstraction faite des Vālakhilya.

sūktas, aux indications de l'Anukramaṇī, on réunit tous les hymnes qui peuvent former des séries régulières, on fait ressortir un ordre très satisfaisant du sūkta 49 au sūkta 72 inclus, sauf une seule exception, pour l'hymne 55 :

Bharga Prāgātha.......	49	Agni.........	20
	50	Indra........	18
Pragātha Kāṇva.........	51	Indra........	12
	52	Indra........	12
	53	Indra........	12
	54	Indra........	12
Kali Prāgātha..........	55	*Indra*........	14[1]
Matsya Sāmma da......	56	Ādityas.......	21
Priyamedha Āṅgirasa....	57	Indra........	19
	58	Indra........	18
Puruhanman Āṅgirasa...	59	Indra........	15
Sudīti Āṅgirasa.........	60	Agni.........	15
Haryata Prāgātha.......	61	Viçve devās (?).	18
Gopavana Ātreya.......	62	Açvins.......	18
	63	Agni.........	15
Virūpa Āṅgirasa........	64	Agni.........	15[2]
Kurusuti Kāṇva.........	65	Indra........	12
	66	Indra........	9[3]
	67	Indra........	9
Kṛitnu Bhārgava........	68	Soma........	9

[1] Le vers 15 est une addition après 7 pragāthas. Ici, je fais le retranchement pour montrer qu'il ne rétablirait pas une succession régulière.

[2] Le vers 16 est une addition après 5 tṛicas.

[3] Les sūktas 66, 67 et 69 ont reçu des additions chacun après 3 tṛicas; ils sont d'ailleurs tout aussi régulièrement classés avec leurs chiffres actuels de 11, 10 et 10 vers.

Ekadyū Naudhasa.......	69	Indra........	9
Kusīdin Kāṇva.........	70	Indra........	9
	71	Indra........	9
	72	Viçve devās....	9

L'hymne 55, de 5 praçnas (avec ses 15 vers actuels), appartient à l'adhyāya 4 de l'ashṭaka VI, qui, après suppression des Vālakhilya, a encore 64 praçnas. Il peut donc très bien avoir été interpolé après la division en adhyāyas. Il peut même l'avoir été après la division en anuvākas, l'anuvāka 7 ayant 159 vers, et dépassant de 9 ou 10 la moyenne des quatre derniers[1]. Tout le reste est parfaitement régulier.

Nous avons en effet cinq successions, la première de 6, la seconde de 5, les trois autres de 4 sūktas. Celles-ci commencent, la première par un sūkta de 18 vers, la seconde par un sūkta de 12 vers, la troisième par un sūkta de 9 vers. Toutes sont formées de sūktas, non pas rangés, il est vrai, comme dans les maṇḍalas II-VII et dans la plupart des collections du maṇḍala I, par séries divines classées elles-mêmes d'après le nombre de leurs hymnes (ces séries seraient ici singulièrement courtes), — mais se succédant d'un bout à l'autre d'après le nombre de leurs vers en gradation descendante (sans qu'une seule fois d'ailleurs les hymnes adressés à la même divinité se trouvent séparés par d'autres).

Ajoutons que, dans la formation de ces groupes,

[1] Voir plus haut, p. 51.

si nous avons réuni des sūktas que l'Anukramaṇī sépare, nous n'avons séparé du moins aucun de ceux que l'Anukramaṇī réunit. La régularité signalée ne semble donc pas devoir être attribuée à un pur hasard.

J'avais, je suis bien forcé de le rappeler, employé exactement la même formule de langage dans mon premier mémoire[1] pour une succession que j'avais cru reconnaître dans la même partie du maṇḍala, en me fondant sur l'analyse des sūktas en tṛcas et en pragāthas, et que je suis, comme on voit, disposé à négliger aujourd'hui. Mais le cas me semble assez différent.

Non seulement, en effet, l'autre succession ne comprenait que 16 sūktas au lieu de 23. Mais elle ne pouvait passer pour à peu près régulière qu'avec l'hypothèse arbitraire de l'addition d'un tṛca ou d'un pragātha à chacun des sūktas 60 et 61, et elle ne l'était toujours qu'« à peu près », puisque les collections d'un même nombre d'hymnes ne se succédaient pas d'après le nombre des vers de leur premier hymne. Ici au contraire, la régularité est absolue; l'hypothèse de l'interpolation de l'hymne 55 peut être appuyée sur le compte des adhyāyas; enfin elle ne s'arrête pas, comme je vais le montrer, au sūkta 72, et elle se retrouve, comme je le montrerai ensuite, dans la première partie du maṇḍala.

L'adhyāya VI, 5, allant du sūkta 57 au sūkta 70

[1] *La Saṃhitā primitive*, p. 60.

inclus ne nous a révélé aucune interpolation (il n'a que 60 praçnas). Mais aussi la succession était-elle parfaitement régulière dans les mêmes limites.

Examinons maintenant la succession des sūktas au delà de 72, et jusqu'à 88 inclus. Si l'on retranche seulement les 2 hymnes 83 et 84, que je signale par des italiques, en groupant les autres d'après les principes suivis ci-dessus, on obtient ce tableau :

Uçanas Kāvya	73	Agni	9
Kṛishṇa Āñgirasa	74	Açvins	9
	75	Açvins	5
	76	Açvins	6
Nodhas Gautama	77	Indra	6
Nṛimedha Āñgirasa et Purumedha Āñgirasa	78	Indra	7
	79	Indra	6
Apālā Ātreyī	80	Indra	7
Sukaksha Āñgirasa	81	Indra	33
	82	Indra	33[1]
Bindu Āñgirasa	*83*	*Maruts*	*12*
Tiraçcī Āñgirasa	*84*	*Indra*	*9*
Dyutāna Māruti	85	Indra	21
Rebha Kāçyapa	86	Indra	15
Nṛimedha Āñgirasa	87	Indra	12
	88	Indra	8

Donc deux dernières collections de 4 sūktas, commençant, l'une par un sūkta de 9, l'autre par un sūkta de 6 vers, et trois de 2, commençant

[1] Le vers 34 est ajouté après 11 tṛicas.

par des sūktas de 33, 21 et 12 vers. L'ordre intérieur semblerait pourtant violé dans les deux collections de 4 sūktas. Mais les chiffres embarrassants restent si près de ce qu'ils devaient être, et il y a dans cette partie de la Saṃhitā tant d'interpolations certaines (et signalées en note[1]), d'un et deux vers à la fin des sūktas, qu'il est bien tentant de supprimer 2 vers (1 pragātha) à la fin de 76, et 1 vers à la fin, tant de 78 que de 80, après quoi tout sera dans l'ordre.

Des 4 derniers hymnes, 89-92, attribués à autant d'auteurs différents, et ayant 12, 16, 22 et 14 vers, un seul ou les deux derniers auraient pu faire partie de la même succession, comme hymnes isolés après les groupes de plusieurs hymnes et de 2 hymnes.

Mais que seraient décidement ces groupes, composés sans doute pour partie de petites collections de sūktas attribués à un même auteur, mais comprenant en même temps un ou plusieurs sūktas attribués à des auteurs différents? Peut-être des groupes artificiels, en effet, imaginés par les diascévastes pour éviter un trop grand émiettement, à moins qu'il n'y eût entre les personnages dont les sūktas sont ainsi réunis des liens particuliers qui nous échappent. On peut remarquer seulement que le

[1] Plus haut, p. 77 et 80. Je dois déclarer que dans le cas où le retranchement aurait produit une succession moins régulière, je ne l'ai pas fait, considérant alors l'interpolation comme antérieure au classement.

premier groupe, de 6 sūktas, est formé de deux collections attribuées, l'une à un prétendu fils, l'autre à un prétendu père.

La régularité signalée d'abord du sūkta 48 au sūkta 72 était d'autant plus remarquable qu'elle impliquait une seule interpolation, et dans un adhyāya qui, même après retranchement des Vālakhilya, dépassait encore la moyenne d'un chiffre notable. Mais c'est dans la première partie du maṇḍala que se trouvent les plus grosses interpolations révélées par le compte des adhyāyas, d'abord celle des Vālakhilya eux-mêmes, à la suite de l'hymne 48, puis celles qui élèvent également d'un chiffre énorme au-dessus de la moyenne l'adhyāya VI, 3, allant de 32 à 45 inclus, et d'autres encore dans les adhyāyas VI, 1 et 2 (de 12 à 31), celui-ci correspondant à un anuvāka trop fort, celui-là dépassant la moyenne d'un chiffre tout à fait inusité. Nous serons même obligés pour retrouver là un classement analogue à celui de la seconde partie, de supposer quelques autres interpolations, antérieures à la division en adhyāyas.

Mais la régularité paraîtra peut-être alors plus frappante encore parce que les groupes coïncideront presque toujours exactement avec les collections attribuées à un même auteur. C'est ce que montre le tableau suivant où nous distinguons à l'avance par des italiques les sūktas dont nous chercherons ensuite à justifier l'interpolation, et par des astérisques ceux dont l'interpolation paraît être postérieure à la division en adhyāyas. Les additions à la fin des sūktas (*dānastutis*, etc.) étant ici beaucoup plus nombreuses encore que dans la seconde partie, je renvoie pour les justifications aux analyses présentées dans mon premier mémoire[1], en ajoutant pourtant chaque fois, après le chiffre restitué, le chiffre actuel entre parenthèses.

Medhātithi et Medhyātithi	1	Indra	29 (34)
Medhātithi	2	Indra	39 (42)
Medhyātithi	3	Indra	20 (24)
Devātithi	4	Indra	18 (21)
Brahmātithi	5	Açvins	36 (39)
Vatsa	6	Indra	45 (48)
Punarvatsa	7	Maruts	36
Sadhvaṃsa	8	Açvins	21 (23)
Çaçakarṇa	*9*	*Açvins*	*21*
Pragātha	*10*	*Açvins*	*6*
Vatsa	11	Agni	9 (10)
Parvata	12	Indra	33
Nārada	13	Indra	33
Goshūktin	14	Indra	15
	15	Indra	12 (13)
Irimbiṭhi	*16*	*Indra*	*12*
	17	*Indra*	*12 (15)*
	**18*	*Ādityas*	*21 (22)*
Sobhari	19	Agni	32 (37)
	20	Maruts	26
	21	Indra	16 (18)
	22	Açvins	16 (18)

[1] P. 51-54.

Viçvamanas	23	Agni	27 (30)
	24	Indra	27 (30)
	25	Ādityas (?)	21 (24)
	26	Açvins, Vāyu	24[1] (25)
Manu	*27*	*Viçve devās*	*22*
	**28*	*Vicve devās*	*5*
	**29*	*Viçve devās*	*10*
	**30*	*Viçve devās*	*4*
	31	*Divers*	*18*
Medhātithi	**32*	*Indra*	*30*
Medhyātithi	**33*	*Indra*	*18 (19)*
Nīpātithi	**34*	*Indra*	*15 (18)*
Çyāvāçva	35	Açvins	24
	36	Indra	6 (7)
	37	Indra	6 (7)
	38	Indra et Agni	6 (10)
Nābhāka	39	Agni	10
	40	Indra et Agni	10 (12)
	41	Varuṇa	10
	42	Varuṇa, Açvins	6
Virūpa	43	Agni	33
	44	Agni	30
Triçoka	45	Indra	42
Vaça	46	Indra	33
Trita	47	Ādityas	18
Pragātha	48	Soma	15

Au prix des retranchements indiqués, et qui seront expliqués tout à l'heure, nous obtenons un

[1] Voir plus bas, p. 90 et note 1.

groupe de 5 sūktas, six groupes de 4 sūktas commençant par des hymnes de 45, 33, 32, 27, 24 et 10 vers, un groupe de 2 sūktas, et enfin 4 sūktas isolés régulièrement rangés d'après le nombre de leurs vers, 42, 33, 18 et 15.

Tous ces groupes coïncident avec des collections reconnues par l'Anukramaṇī à l'exception des trois premiers. Les deux premiers groupements mêmes ne paraissent guère moins justifiés. Le premier ne comprend que des hymnes de Medhātithi, de Medhyātithi et de deux autres personnages dont les noms se terminent pareillement en *-atithi*. Il est remarquable qu'un groupement analogue se retrouve un peu plus loin. Les hymnes 32-34, auxquels je fais allusion, doivent d'ailleurs être considérés comme interpolés, par la double raison qu'ils rompent l'ordre des groupes et qu'ils n'ont pu faire partie du même classement primitif que le premier groupe : autrement les deux auraient dû n'en faire qu'un. Quant au second groupe il comprend 2 sūktas attribués à Vatsa, 6 et 11, et où ce ṛishi semble se nommer en effet lui-même; mais le nom de Vatsa se retrouve pareillement dans le sūkta 8 (comme dans 9 du reste), et celui de Punarvatsa, donné à l'auteur prétendu du sūkta 7, s'il n'est pas une bévue plus ou moins ancienne sur quelque texte attribuant « de nouveau » un hymne, un second hymne, à Vatsa, paraît trahir en tout cas quelque parenté particulièrement étroite.

L'ordre intérieur demande des analyses plus délicates. Nous y reviendrons après avoir traité des interpolations.

Les retranchements marqués d'un astérisque comprennent, pour 18, 7 praçnas, pour 28-30, 3 ou 4 praçnas, et pour 32-34, 19 praçnas. Ils ramènent les adhyāyas 1, 2, de l'ashṭaka VI aux chiffres parfaitement satisfaisants de 59 et 60 praçnas, et l'adhyāya 3, si l'on part même du chiffre le moins élevé offert à l'option, 78, à 59, chiffre non moins satisfaisant. Le choix des sūktas à retrancher n'est d'ailleurs pas indiqué seulement par la nécessité de rapprocher les trois adhyāyas de la moyenne.

Dans l'adhyāya 2, la collection de Manu rompt seule la succession régulière, en même temps qu'elle ne laisse voir aucun ordre intérieur. De plus, l'interpolation doit être commune à cet adhyāya et à l'anuvāka 4 du maṇḍala VIII, finissant juste avec l'avant-dernier hymne de cette collection, 30. Ainsi, d'après notre hypothèse, les hymnes 28-30 auraient été ajoutés à la fin de l'anuvāka, comme nous avons admis déjà que divers hymnes et fragments l'avaient été à la fin d'autres anuvākas[1]. Il est vrai que le premier et le dernier hymne de la prétendue collection de Manu restent intacts dans l'adhyāya 2. L'interpolation de ses 5 hymnes aurait donc été faite en deux fois, avant la division en adhyāyas, et après celle en anuvākas. Mais c'est une succession informe sur laquelle toutes les hypothèses semblent permises.

[1] Voir ci-dessus, p. 65 et note 1.

Dans l'adhyāya 3, les sūktas 32-34 sont les seuls qui rompent la succession régulière. Nous avons d'ailleurs remarqué déjà [1] que ces sūktas n'ont pu faire partie du même classement que les cinq premiers du maṇḍala. Enfin le retranchement de leurs 19 praçnas ramène, comme on l'a vu, l'adhyāya très près de la moyenne. Décidément, si c'est le hasard qui a produit un si merveilleux accord, c'est un hasard qui a tout fait pour nous tromper.

Dans l'adhyāya 1, de 66 praçnas, la succession régulière est rompue par les 3 sūktas d'Irimbiṭhi, 16-18, comprenant ensemble 16 praçnas, dont une partie seulement a pu être interpolée après la division. On peut hésiter entre les 3 sūktas. Le retranchement du dernier donne, comme on l'a vu, un chiffre très acceptable, 59. En tout cas, il en restera toujours deux, comme dans la collection de Manu, dont l'interpolation devra être supposée antérieure à la division.

C'est aussi avant la division que les sūktas métriquement informes, 9 et 10, auraient été interpolés dans la collection de Vatsa. Ils appartiennent, en effet, à l'adhyāya 8 de l'ashṭaka V, qui n'a que 60 praçnas.

Les chiffres supposés de 59, 60, 59 et 59 [2] pour les quatre premiers adhyāyas, avec les chiffres actuels de 60, 62, 62 ou 63, et 62 pour les quatre derniers, donneraient, pour le total de l'ashṭaka VI,

[1] P. 85.

[2] Sur le quatrième, voir plus haut, p. 78.

le chiffre de 483 ou 484, que l'option offerte pour l'adhyāya 3 permettrait de ramener juste à la moyenne présumée, 488.

Revenons maintenant à l'ordre intérieur des collections. J'ai dit qu'il demandait des analyses plus délicates. Ces analyses ont été données déjà dans mon premier mémoire[1], et je les retiens même aujourd'hui, n'abandonnant que l'hypothèse relative au classement *extérieur* d'une partie des collections dans un ordre fondé sur ces analyses. Il faudra admettre, il est vrai, que les collections, — et par collections j'entends ici les séries d'hymnes attribués par l'Anukramaṇī à un même auteur ou à des auteurs évidemment unis par des liens étroits, comme les -*atithi* par exemple — avaient été classées intérieurement, d'après le compte des tṛcas et des pragāthas, avant l'époque où elles ont été rangées dans le maṇḍala VIII d'après le nombre des sūktas formés de ces éléments agglutinés (et de ceux qui y auraient été joints souvent pour grossir les groupes, particulièrement dans la seconde moitié du maṇḍala). Mais il n'y a là rien d'invraisemblable. Qu'il ait existé antérieurement à la formation du maṇḍala VIII des collections toutes semblables à celles dont il se compose, c'est ce qui paraît résulter de l'insertion dans le maṇḍala I de plusieurs collections de gāyatrīs et de pragāthas, attribuées pareillement à des membres de la famille de Kaṇva et à Kaṇva

[1] P. 48 et suivantes.

lui-même. La chose a dû se faire, semble-t-il, avant l'existence du maṇḍala VIII, où elles auraient eu leur place marquée. Or ces collections sont intérieurement classées dans un ordre qui n'est révélé que par l'analyse des sūktas actuels. Dans celle de Kaṇva, 36-43, cette analyse, possible partout, s'impose pour les derniers sūktas, le sūkta 40 n'ayant que 8 vers (4 pragāthas), devant les sūktas suivants qui en ont chacun 9 (3 tṛcas, avec un vers ajouté dans 42). De même on ne pourrait, sans analyse, expliquer dans la collection de Praskaṇva Kāṇva, 44-50, la place de 2 hymnes aux Açvins dont le premier n'a que 15 vers, devant 2 hymnes à l'Aurore dont le premier a 16 vers[1]. Dans la collection de Medhātithi Kāṇva, 12-23, nous avons dû laisser intacts les premiers sūktas; mais l'analyse des deux derniers ne s'en est pas moins imposée avec évidence. Enfin la collection analogue de Çunaḥçepa, 24-30, nous a paru « informe » tant que nous n'en avons pas essayé l'analyse[2].

Dans le maṇḍala VIII lui-même, les analyses que je rappelais tout à l'heure nous ont révélé toujours un ordre parfait. A la vérité, dans la majorité des cas, le compte des sūktas paraît rendre compte du classement intérieur aussi bien que celui des strophes. Mais c'est que plus d'une fois, par exemple dans toute la collection de Sobhari Kāṇva, 19-22, et dans

[1] A moins de recourir, contre les analogies les plus nombreuses, au compte total des vers. Voir p. 18, et ci-dessous, p. 93.

[2] Voir plus haut, p. 6.

toute celle de Vatsa, 6-8 et 11, les sūktas correspondent juste aux séries de strophes, et que ces strophes comprennent toutes, dans chaque collection, le même nombre de vers.

En revanche, il est d'autres collections dont l'ordre intérieur ne peut être justifié que par l'analyse. Telle est sans doute celle de Viçvamanas 23-26, renfermant, après un sūkta à Agni de 27 vers, un sūkta à Indra de 27 vers également, et un sūkta aux Ādityas de 21 vers, un dernier sūkta, aux Açvins, puis à Vāyu, de 24 vers[1]. Il est vrai qu'en retranchant seulement le 25e vers du dernier, et en respectant la dānastuti qui termine l'avant-dernier, nous obtiendrions une succession régulière sans analyse. Mais nous n'avons aucune ressource de ce genre pour la première, celle des *-atithi*. Elle commence, en effet, par un sūkta à Indra de 29 (ou 34) vers devant un autre sūkta à Indra, de 39 (ou 42). Au contraire, si on fait l'analyse, on a, après le sūkta de 29 vers qui ne paraît pas pouvoir être décomposé (cf. le premier de la collection de Çunaḥçepa[2]), les strophes de 3 vers, 13 tricas de gāyatrīs, puis celles de 2 vers, 17 pragāthas, le tout à Indra[3], enfin 12 tricas de gāyatrīs, aux Açvins.

[1] Dans ma première analyse, p. 51, j'avais peut-être indûment retranché les 10 derniers vers de ce sūkta. Le retranchement du vers 19 seul, après 5 tricas en ushṇihs, et 1 trica en gāyatrīs, aux Açvins, s'impose. Les 6 derniers vers forment 2 tricas à Vāyu.

[2] Voir plus haut, p. 7.

[3] Les 2 pragāthas à Pūshan, avant la dānastuti du sukta 4, seraient interpolés.

Dans cet ordre intérieur révélé par l'analyse, j'ai cru trouver, tantôt des séries divines rangées d'après le nombre de leurs hymnes ou strophes, comme dans les maṇḍalas II-VII, exemple : la collection de Çyāvāçva, 35-38, tantôt les hymnes ou strophes rangés d'un bout à l'autre d'après le nombre de leurs vers, exemple : la collection de Nābhāka, 39-42. Je doute un peu aujourd'hui que la collection de Gopavana, 62-63, rentre dans la seconde catégorie. L'analyse d'un sūkta ne me semble plus interdite, en effet, par le refrain commun à tous ses vers. Le sūkta 35, par exemple, avec son refrain en deux parties, l'une commune au sūkta entier, l'autre variant de 3 en 3 vers, semble une preuve du contraire. Un refrain peut même être commun à plusieurs sūktas, comme on le voit par ceux de Nābhāka, 39-41. En fait, certains tṛcas se dessinent nettement dans le sūkta 62, par exemple 7-9, et si on l'analyse, on a, pour la collection, 6 tṛcas aux Açvins devant 4 à Agni. Mais la collection de Nābhāka paraît un exemple sûr d'un classement intérieur différent [1], et nous avons reconnu [2] le même principe dans la collec-

[1] 2 hymnes à Varuṇa, de 10 et 3 vers (le second pris sur le sūkta 42), suivis d'un hymne aux Açvins de 3 vers, après 1 hymne à Agni, de 10 vers, et 1 hymne à Indra et Agni, ne comprenant aussi primitivement que 10 vers. Les 3 hymnes à refrain commun, 39-41, paraissent bien résister à toute analyse. Voir la manière dont certains tṛcas sont formés des deux derniers dans le Çrauta-Sūtra d'Āçvalāyana, VII, 2, 16 et 17 : elle ne répond nullement à une division des hymnes en strophes de 3 vers.

[2] Voir *La Saṃhitā primitive*, p. 63.

tion de Medhātithi du maṇḍala I. Ces observations viennent encore à l'appui de l'idée que les petites collections du maṇḍala VIII ont été, au moins en partie, formées isolément, dans une période antérieure à leur réunion dans le maṇḍala.

Contrairement à l'ordre intérieur des collections, le classement général des groupes est réglé, avons-nous dit, sur le compte des sūktas. Ainsi, devant la collection 19-22, de 45 hymnes ou strophes, le groupe 12-15 n'en a que 31. La collection de Vatsa elle-même n'en a que 37. De même, la collection de Virūpa justifiera de 21 hymnes ou strophes après celle de Çyāvāçva qui n'en a que 12 (ou 14 au plus, avec analyse de 36 et 37), et celle de Nābhāka, qui en a moins encore[1].

D'ailleurs, ici aussi[2], nous voyons que le principe est bien le nombre des hymnes, et non le nombre total des vers. Les collections 35-38 et 39-42 précèdent la collection 43-44, parce qu'elles ont 4 sūktas, et celle-ci 2, bien qu'elles aient seulement 42 et 36 vers, tandis que celle-ci en a 63. Le premier des hymnes isolés qui suivent a même encore plus de vers que 39-42. De même, dans la seconde partie, un groupe de 86 vers, mais de 6 sūktas, 49-54, précédait un groupe de 5 sūktas et 88 vers, 56-60; quatre groupes de 4 hymnes, 65-80, dont aucun n'a plus de 39 vers, précèdent un groupe de 2 hymnes, 81-82, qui a 66 vers.

[1] Voir ci-dessus, p. 91, note 1.

[2] Voir plus haut, p. 14.

Le nombre total des vers ne règle pas davantage l'ordre des collections d'un même nombre d'hymnes. La collection 19-22 précède la collection 23-26, parce que le premier hymne de l'une a 32 vers, tandis que le premier hymne de l'autre en a 27 seulement, bien que l'une ait 90 vers seulement et l'autre 99[1].

Un mot, en terminant, sur la division du maṇḍala en deux parties. Cette division, qui nous avait été suggérée par le compte des anuvākas, serait donc confirmée par le classement des hymnes. Il semble vraiment que nous ayons là deux maṇḍalas en un. A quoi répond ce dualisme? Je ne puis que poser la question sans même essayer de la résoudre. En tout cas, la répartition des hymnes des Kāṇvas et des Āṅgirasas entre les deux parties semble trop peu exacte pour pouvoir en rendre raison.

[1] Les chiffres actuels, 99 avant 109, mais 37 avant 30, conduiraient à la même conclusion sur le principe qui a réglé l'ordre de ces deux collections.

NOTES ADDITIONNELLES.

I.

(Voir page 38.)

J'ai cherché à faire toutes les suppositions possibles sur le principe de la division en adhyāyas (p. 27 et suivantes). Mais on pourrait me reprocher, le principe des praçnas une fois reconnu d'après les indications du Prātiçākhya, d'avoir rejeté trop vite les données du même ouvrage sur le nombre des praçnas à assigner à chaque adhyāya. Si ce nombre *devait* être 60, et *pouvait* s'élever au-dessus de ce chiffre de toute quantité inférieure au chiffre *total* du dernier hymne, il faudrait considérer comme réguliers *deux* des *dix* adhyāyas qui ne satisfaisaient pas à nos propres exigences, I, 2 et 7. Mais les *huit* autres, II, 6; V, 2 et 4; VI, 3 et 4, et VIII, 4, 7 et 8 resteraient trop forts (voir le tableau, p. 44 et 45), et *six* nouveaux adhyāyas deviendraient irréguliers : II, 4; 5 et 7; V, 5; VI, 8 et VII, 2 : en tout *quatre* de plus. D'autre part, un adhyāya au moins, III, 7, est au-dessous de 60. Il est vrai que pour l'abaisser à 59, il a fallu déduire la répétition, au vers IV, 42, 2, de la seconde moitié du vers précédent. Mais la non-déduction des refrains ferait ressortir un nombre plus grand encore d'adhyāyas trop longs. Disons en outre que, parmi ceux qui viennent d'être signalés, il s'en trouve un absolument exempt de tout soupçon, VI, 8. Bref, on n'échapperait pas à l'hypothèse d'interpolations nombreuses, postérieures à la division, et ces interpolations seraient en partie moins vraisemblables. Si l'on songe en outre que 60 est un chiffre rond, et que l'approximation indiquée est des plus grossières, on comprendra que je n'aie pas cru devoir, sur ce point, accepter le système du Prātiçākhya. Il fait l'effet d'un compromis, d'une sorte de cote mal taillée, entre l'étendue primitive des adhyāyas et celle qu'ils avaient dès lors, c'est-à-dire précisément leur étendue actuelle. Ma tentative de déterminer cette étendue primitive reste hardie; mais je n'entrevois pas de solution plus satisfaisante dans l'ensemble que celle à laquelle je me suis arrêté.

Faut-il ajouter ici, comme je l'avais fait dans mon premier mémoire (p. 8), que je ne prétends nullement clore la discussion des détails. Toute mon ambition a été d'introduire un nouvel ordre de considérations qui pourra entrer désormais en ligne de compte dans la critique du texte du *Ṛig-Veda*.

II.

(Voir pages 65 et 66, en note.)

L'adhyāya 3 de l'ashṭaka VI n'est pas le seul qui renferme des interpolations antérieures à la division en anuvākas, quoique postérieures à la division en adhyāyas. Deux autres au moins, les adhyāyas 4 et 7 de l'ashṭaka VIII paraissent être dans le même cas. Dans l'adhyāya VIII, 7, qui dépasse la moyenne d'une quantité inadmissible, et qui doit perdre au moins un hymne, le plus court des hymnes suspects (voir p. 72), X, 142, de 8 vers, ne pourrait être retranché de l'anuvāka correspondant, X, 11, sans que celui-ci tombât à 136 vers, chiffre trop faible, la moyenne devant être d'environ 144 ou 143, et l'anuvāka n'étant limité extérieurement que par des hymnes de 5 et 9 vers. L'adhyāya VIII, 4 dépasse la moyenne de 6 à 7 praçnas, bien qu'il ne soit limité intérieurement que par des hymnes de 7 praçnas, et l'interpolation ne peut guère porter (voir p. 72) que sur l'hymne X, 86, ou sur l'hymne X, 87, l'un de 23, l'autre de 25 vers. Or l'anuvāka correspondant, X, 7, n'a que 148 vers et ne peut être réduit à 125 vers (la moyenne étant de plus de 140), puisqu'il est le premier de la série formée par les 6 derniers (p. 54), et que le premier hymne du suivant n'a que 15 vers. Il n'est pas vraisemblable en effet qu'on se fût fait scrupule d'entamer une petite série d'hymnes de 15 vers, 91-93, qui se rencontre accidentellement dans une partie du maṇḍala où le nombre des vers varie à peu près à chaque hymne, alors qu'on n'a respecté plus loin ni la série des hymnes de 12 vers, ni celle des hymnes de 10 vers, ni celle des hymnes de 5 vers. Le compte des syllabes, qui nous a paru d'ailleurs inapplicable à la division en anuvākas comme à la division en adhyāyas, eût conduit aux mêmes conclusions, car le nombre actuel des syllabes est aussi voisin que possible de la moyenne dans l'anuvāka 7, et il lui est inférieur dans l'anuvāka 11. Le nombre des pādas dépasse au contraire la moyenne dans l'un et dans l'autre : c'est que le premier n'a aucun vers de 3 pādas et en a 23 de 5, et que le second n'a que 3 vers de 3 pādas et en a un certain nombre de 5, de 6 et de 7 pādas.

INDEX

DES HYMNES ET FRAGMENTS SUSPECTS[1].

[1] Les renvois aux pages des trois derniers mémoires, contenus dans ce fascicule, ne sont accompagnés d'aucune autre indication. Le chiffre romain I désigne les renvois au tirage à part du premier mémoire, qui font suite aux autres. Les hymnes ou fragments entre parenthèses sont ceux pour lesquels j'ai abandonné dans les derniers mémoires des hypothèses d'interpolations présentées dans le premier, ou dont l'interpolation ne serait révélée par aucun des principes que j'ai essayé d'établir. Les astérisques désignent des hymnes du mandala X qui violent le principe numérique de classement, mais que je n'ai pas eu l'occasion de citer.

www.ingramcontent.com/pod-product-compliance
Lightning Source LLC
Chambersburg PA
CBHW070747280626
47162CB00017B/2403
* 9 7 8 2 0 1 9 1 9 4 0 5 5 *